かごめかごめ

滝沢秀一

双葉文庫

●もくじ

オレと同じ女をストーカーしている男がいた。
ストーカーのライバル……。

最初はゴミを漁るだけだった。
最初は追っているだけだった。
最初は支配しているつもりだった。

解体

人を殺した。７日前のことだった。死体はバラバラにし、風呂場で血を抜いた。
時間とともに腐敗していくのは、計算外だった。死体処理を早くしなければならないが、生ゴミでまとめて出す訳にもいかない。ゴミ清掃車の人間が、ゴミを回収する時に袋が破れて、万が一にでも腕や足が飛び出てきて発見するということがあってはならない。夜中に死体が入っているゴミを出してもいけない。カラスや野良猫がエサを求めて袋を破ることが考えられるからだ。オレは野菜や生ゴミと一緒に刻んだ少量の死体を新聞にくるみ、朝、ゴミ清掃車が走り出す頃合いを見計らって、ゴミステーションに出す。

なかなか死体は減らない。

刻んでトイレに流すにしても、急に水道代が高くなって、誰かに怪しまれたら一巻の終わりだ。あらかじめ細かく刻んでおいた死体を排泄する時に一緒に流すことにする。

当たり前のことだが、人を殺すのも、死体を処理するのも初めての経験だから、考え過ぎても考え過ぎることはないと思う。骨は業務用のおろし金で削り、原形をなくす。死んでも尚、オレに迷惑を掛けるとは不愉快極まりないヤツだと思う。

同じ女を同時期にストーカーするなんて珍しい部類に入るだろう。

オレの方が先にストーカーをしていたと思う。オレは神原喜代美を追う為に、引っ越しをし、それから会社を辞め、神原喜代美の生活を見てきた。神原喜代美が朝起きるところから1日が始まり、電車の中で神原喜代美の視界に入らない程度の距離に位置取り、会社まで送り、たまにある会社帰りの飲み会を見続け、そして帰って来てからも尚、窓の灯りを見続けてきた。

道路を挟んでオレの家の目の前が神原喜代美のアパートである。一方通行にしても良いと思える程の道幅だ。もし神原喜代美の部屋のカーテンが揺れれば、その揺れもわかるくらいの距離だ。

それなのに、ここ3カ月程前から、神原喜代美の家の周りをオレの殺した高井真郷はうろちょろするようになった。

ある日、ベランダから神原喜代美の部屋の灯りを見ていると、ある男が神原喜代美のアパートの周りを歩いていた。何度も何度も目の前の道を通るので不審に思ったが、初めは特に気にも留めなかった。しかし、最近、神原喜代美がゴミを出さないなと思っていた時に、高井真郷がゴミステーションからゴミを取っていたところを見てしまった。ゴミ漁りの類いかと思っていたが、毎回毎回、神原喜代美の出すゴミしか取って行かなかった。

ゴミは個人情報の宝庫である。

自分のことを考えればすぐにわかる。携帯電話の請求書、電気代の領収書、会社で使った書類など、ほとんどの人がハサミを入れないで捨てる。そこから、名前、働いている場所、携帯番号、貯金の額、どこの店で何を買っているか、彼氏がいる場合にはいつ来ているか、大体の日にちならば割り出せる。

高井真郷はいつも黒いヨレヨレのコートを着て、伸びきった髪に銀縁のメガネを掛けていた。辺りを必要以上に警戒していて、かえって不審者をアピールしているかのようであった。高井真郷がゴミを漁りに来るとわかると、オレは部屋から出て、通行人のふりをして、見張った。家の前の道路に出るまでは多少時間が掛かっていたので、ゴミを持ち出されることもあったし、警戒して、何もせずに立ち去ったこともあった。
3、4回目からは、向こうもこっちの顔を覚えたと思う。オレのことをどう思ったのか知らないが、普通ならば、顔が割れればすれ違っただけで、こっちの様子を窺い震え上がるものだが、高井真郷はなぜか堂々としているように見えた。

オレはその様子が気に入らなかった。

気が弱く警戒心が強いくせに、習慣になるとずぼらになる性格は、今後ストーカー行為をエスカレートさせるに決まっている。

高井真郷はオレのことを神原喜代美のストーカーとは思っていないと思うが、こっちからすれば、同じストーカーとして共存出来ない。先に事件を起こすのは、高井真郷に決まっている。事件になれば、オレがストーカー行為をしにくくなる。

高井真郷がゴミを持ち帰る時にあとをつけると、家がどこかすぐにわかった。高井真郷には何の警戒心もなかった。高井真郷のアパートのゴミステーションを覗くと、ゴミがいくつか捨ててあり、それら全てを持ち帰り、中を調べるとすぐに身元が割れた。その中の1つに高井真郷が捨てた可燃ゴミがあった。自分がゴミ漁りをしているのに、ハサミを入れないで個人情報を捨てるところがずぼらを極めている証だ。

一人暮らしで、ポスティングのアルバイトをしている。その会社を調べたら、正社員は募集していないので、アルバイトの類いだろう。ポスティングのアルバイトなんて、何の連絡もせずに辞めるヤツなんていくらでもいるはずだ。その会社の人間が高井真郷と連絡を取れなくなったとしても、気にも留めないだろう。

問題は親や友人だ。

外にいれば、家の鍵を持ち歩いているはずだ。殺したあと、家に入り込みさえすれば、保険証の1つもあるだろう。写真入りではない証明書を持って行けば、携帯電話を解約することが出来る。友人は携帯が繋がらなかったら、諦めるだろう。万が一、家に来たとしても、留守ならばおとなしく帰る。

親は、携帯が解約されて家にもいなかったら、警察に届け出を出すだろう。しかし、事件は大体、顔見知りの犯行の線から疑う。

高井真郷も知らないストーカー仲間でしか繋がっていないオレのところには、目撃者でもいない限り、たどり着けないだろう。

作戦は練ってある。

その日は突然やって来た——。

接触

高井真郷は神原喜代美のポストを覗くことを思い付いた。ポストには鍵が付いていたが、上1桁をずらしていただけなので、すぐに開けられてしまうだろう。たいていは下1桁をずらすものなので、そこはオレも少し苦労をした。

高井真郷はオレがポストの前を通っても、一目見ただけで、堂々とポストの鍵を開けることに熱中していた。恐らく、誕生日や生まれ年を当てはめているのだろうが、安い鍵はそんなに都合よく出来ていない。ホームセンターか何かで買ってきた鍵はすでに出来合いの数字が決まっている。大体、引っ越してきたばかりの時は、ゴロ合わせを作り、それを覚え、きちんと鍵の数字を回すものだが、だんだん面倒になり、下1桁しか回さないようになる。

隙は普段何気ない生活をしている時に、現れる。引っ越ししたての時は「非日常」で、見知らぬ場所に警戒心を持つが、しばらく何もないとそれは「日常」となる。

経験がなくても、そのくらいのことは頭が回りそうなものだが、高井真郷はそんなことにも気付かない愚か者なのだろうか。それならば、やはり共存出来るはずがない。

ポストの中には神原喜代美の部屋の鍵が入っている。

オレは神原喜代美が会社に行ったのを確認して、ポストから鍵を取り、合鍵を作り、戻していた。

オレは「いつでも入ることが出来るんだぞ」という気分を楽しんでいたが、高井真郷は短絡的に鍵を持ち帰るか、そのまま部屋に入るだろう。

もし事件になり、高井真郷が捕まらなかったら、合鍵を作ったオレに疑いが掛かるかもしれない。そのくらいは警察もすぐに割り出すのではないだろうか。

コイツはオレのことを何も考えていない。

オレは電車で神原喜代美を初めて見た時から追い続け、引っ越しをし、会社まで辞めた。

コイツはたまたま神原喜代美の家の近くに住んでいただけで、たまたま神原喜代美を見掛けて、たまたまストーカーをする気質のあったヤツだ。高井真郷は神原喜代美でなくても良かったのだろう。オレは神原喜代美でなくてはダメだ。

神原喜代美は輝いていた。特別美人という訳ではないが、そこがまた良かった。黒い肩までのセミロングの髪型も、目の下の涙袋が少し膨らみ、窪みが出来ているところも、髪を結わいている時に見せる人よりも小さめの耳も、片手で回せそうな首の太さも、満員電車で人に圧迫され、人より小さな体ゆえに息が上がっている姿も、風の流れで髪から香る甘いシャンプーの匂いも、全てが輝いていた。

高井真郷だけには好きにさせたくはない。

「共存しましょうよ」

高井真郷は驚きとパニックで目玉がこぼれそうなくらい、目を見開いていた。ポストに掛けていた手を離し、小刻みに震えていた。

もう一度、オレが喋ることになる。

「だから共存しましょうって。目指すところは一緒でしょ？」

「……あな…た…は？」

「誰でもいいのです。その方がお互いにとって好都合でしょ？　それとも、お互い自己紹介します？」

高井真郷は逃げ出そうか話を聞こうか迷っている。しかし、自分が主導権を握られていることだけはわかっている。バカはバカなりの嗅覚を持っている。

「逃げてもいいですよ。あなたの住所は保津町○―○―○ですよね？」

高井真郷は震えが止まらない。息が荒くなっている。

「神原喜代美に用事があるんですよね？　高井真郷さん？」

高井真郷は声にならない声を上げた。高井真郷は今にも泣きそうであった。

引け目を持って生きていると、何かと主導権を握られてしまう。高井真郷は自分が今からどうなってしまうのか、一生懸命考えようとしているが、思考が回らない状態なのだろう。

オレのことを警察と思っているのか、何者かわからないが暴力を振るわれるのか、ひょっとしたら、オレのことを彼氏と思い込んで警察に突き出されると思っているのかもしれない。

いずれにしても、高井真郷にとって都合の悪い状態でしかない。ほんの少しでも高井真郷にとって都合の良い話をすれば必ず食いつく。

「僕は神原喜代美の元彼氏です。1年程前まで付き合っていました。しかし彼女は僕よりも条件の良い男に乗り換え、僕は捨てられました。今でも僕は彼女を許せません。あなた神原喜代美のストーカーでしょ？」

と口から出まかせに、思い付いた嘘を吐いた。オレは神原喜代美の元カレでも何でもない。

「僕は……そんな……そんな…」

「全てわかっています。何せ僕は彼女のストーカーです」

「…ス…トーカー」

「あなたと同じです。だから共存しようと言ったんです」

高井真郷は息を整えようとしている。

「…僕に…どうしろと…？」

「彼女にとって嫌なことをして欲しいんです」

「僕は、何も彼女に嫌がらせをしようとは思ってないんです」

高井真郷は口の端に泡の唾を溜めている。

「〝彼女にとって〟と言っているのです。彼女にとって、知らない間にゴミを漁られるのは嫌がらせじゃないんですか？　彼女にとって知らない番号から電話が掛かってくるのは嫌がらせじゃないんですか？」

高井真郷は言葉に詰まる。

正直、〝知らない番号から電話が掛かってくる〟というのは勘だった。高井真郷のような後先のことを考えない低能は、必ず電話を掛けていると踏んだが、図星だったのだろう。その証拠に高井真郷は反論をしてこない。

「このポストの番号、僕ならわかりますよ」

オレは高井真郷をどかして、ポストの鍵を開けた。

「そして中には神原喜代美の部屋の鍵が入っています」

高井真郷の心臓の音がここまで届きそうだった。

「今は番号を教えません。あなたには無用心なところがある。高井さん、あなたにはなるべく長く薄く嫌がらせを続けてほしいのです。僕は高井さんに神原喜代美の情報を流します」

「僕とあなたが組むことによって、あなたの得することは何ですか？」

「ここで喋っていると、このアパートの人に怪しまれます。とにかくこっちへ」

オレは高井真郷を家の方に誘導した。高井真郷はオレが神原喜代美のポストの鍵を開けられることがわかると、オレと一緒にいることが得だと判断したようだった。高井真郷はついてきた。

「嫌がらせは1人より2人の方がいい。単純に倍、精神的に追い詰めることが出来る。そして2人で行動した方が不規則だ。1人で行動すると無意識にパターンが決まってしまう。神原喜代美に行動パターンを読まれたら、警察やら男友達に協力されて、捕まってしまう」

「そんなことまで考えて行動してるんですか？」

「彼女が死ぬまでつきまとおうと思っているのだから当然です」

「元カレだ」と高井真郷に嘘をついたが、死ぬまでつきまとうというのは本当の気持ちだった。高井真郷はまた目を見開いた。

「高井さん、何よりも2人いると心強いでしょ？」

オレがそう言うと高井真郷は初めて笑い、ずれたメガネを直した。

「そうだ高井さん、今からうちに来ませんか？　2人の決め事を話したいし、それに神原喜代美の服やら下着やらいろいろありますんで、良かったら譲りますよ」

高井真郷は一度目を閉じかけ、そしてまた目を開き輝かせた。しかし心が躍ったことを隠したいのか、すぐに「決め事って何ですか？」と言って誤魔化した。

見える、見える。

高井真郷の気持ちが透けているかのごとく、オレは意のままにヤツを操っている。思った以上に、事が簡単に運んで拍子抜けであった。

高井真郷は何の警戒心もなく、オレの家に上がってきた。

実行

オレは高井真郷をコタツに座らせ、神原喜代美のTシャツと古くなって捨てたスウェットを見せた。オレは台所に行き、水を飲むふりをして包丁を手に取った。すると、すぐに部屋から高井真郷が無邪気に声を掛けてきた。

「僕、今まで洋服に当たったことないです」

高井真郷は、子供のような笑みを浮かべた。

オレは高井真郷の気持ちを察し、「いいよ」と言った。すると、高井真郷はオレがその場にいないかのように、Tシャツの匂いを夢中になって嗅ぎ出した。オレはその場で殺そうかと思ったが、これがヤツの人生最後の興奮だからと、ざわつく気持ちを抑えた。

高井真郷はスウェットの匂いを嗅いでいた。自分で〝いいよ〟と言っておきながら、コイツが神原喜代美の一部にでも触れることが許せなかった。殺したかった。自分の気持ちを抑えるのと、もしかしたら抑えられないのではないかという気持ちが混ざり合い、背中の後ろで包丁を持つ手が震えた。

高井真郷は何も気付いていない。気付くはずもないが、気付かない高井真郷が許せなかった。

「高井さん、もっとお宝あるよ。下着見る？」

「え？　いいんですか？」

何も疑っていない。〝調子に乗るな、バカ！〟と心の中で毒づきながら、オレは笑って「いいよ」と言った。

高井真郷を手招きし、自分より先に歩かせた。

「どこにあるんですか？」

「大事なものだから風呂場に置いてあるよ」

「…大事なもの、風呂場に置くんですね？」

「そうなんだ。万が一踏み込まれても見つからないように、風呂場に置いてある」

高井真郷を風呂場に案内して入れた。

「どこですかね？　下…？」

高井真郷は屈んでいる。

「湯船に入ればわかるかもです。どこだと思います？」

まるでクイズを出しているかのように言った。

高井真郷は何も疑わずに湯船に足を入れ、辺りを探し始めた。

オレは、高井真郷がTシャツを嗅いでいた時に台所から持って来ていた包丁を、一気に肝臓辺りの背中に突き刺した。屈んでいるからか、血が吹き出した。高井真郷はうめき声を上げる。そのまま二度三度、肩甲骨の辺りや脇腹辺り、首元などを刺した。

鏡には返り血を浴びたオレが映っていた。

高井真郷が大きな声を上げげそうな気配がしたので、オレはその前に一度、深く肺の辺りを刺し、そして首を刺し、その後、何度も何度も無我夢中で高井真郷の背中を刺した。

そうなんだよ。髙井さん、そんなに簡単に人なんか信用しちゃいけないんだよ。オレ達はストーカーだぜ？　ストーカー同士が共存するはずがないじゃないか。神原喜代美はオレのものだって。1㎜だって渡さない。……お前は、なんで神原喜代美のTシャツを触ってたんだよ？　スウェットの匂いを嗅いでたな？　頭おかしいのかよ？　だろうな。お前の今までの行動見てたらわかるよ。

低能だしグズだし、辺りを必要以上に警戒しながら、慣れるとズカズカと我が物顔でのさばるような最低人間が神原喜代美を汚すのであれば、1刺し、2刺し、いや、刻めるところがなくなるまで刺してやるよ。

神原喜代美に近付くヤツは、全員オレが刺し殺してやる。

鏡に映ったオレを見て、〝血だらけだ〟と冷静に思えたが、手は髙井真郷をまだ刺し続けていた……。

進化

高井真郷を殺してから、数日はストーカー行為に心地良さを感じていた。自分でタガが外れたこともわかった。オレは神原喜代美が会社に着いたのを確認して、家まで戻って来て、神原喜代美の部屋に入るようになった。

高井真郷には部屋に入ったことがあるニュアンスの嘘をついたが、オレ自身、神原喜代美の部屋に入るのは初めてだった。初めて入った日は興奮した。ようやく神原喜代美の部屋をこの目で見ることが出来ると、自分でも信じられないくらいの幸福感を味わった。

神原喜代美の部屋は女性らしい部屋だった。

玄関にはブーツが3足揃えてあり、下駄箱の中を覗くとスニーカーや革靴、サンダルなど全部で8足の靴を持っていた。匂いを嗅いでみたが、特に異臭がする程ではなかった。

ガスコンロの隣には、サラダ油や胡麻油、塩胡椒が置かれていて、サラダ油、胡麻油の底にはキッチンペーパーが輪ゴムで留めてあった。

風呂場の排水口には髪の毛が詰まっていたので、オレはその髪の毛をポケットに入れた。排水口に詰まった髪の毛を持って帰っても気付かれないし、何かしらの違和感を持ったとしても、髪の毛がなくなったくらいで、被害届を出すはずがなかった。

風呂場は、ほのかにシャンプーの香りがした。恐らく、朝シャワーを浴びたのだろう。

心臓の鼓動が速くなるのがわかった。

いつも外から見ているカーテンは、内側から見ると濃いベージュだったことがわかった。

コタツのカバーはカーテンの色と何となく統一しているのか、羊の絵の描いてある白い生地だった。

コタツの上には、食べかけのチョコフレークが置かれていた。コンビニに置いてない類いのものなので、恐らくスーパーで買ったものだと思う。

机の上にはメガネが置いてある。神原喜代美がメガネを掛けているところを見たことがない。外に出る時はコンタクトを付け、部屋ではメガネを掛けているのだろう。

木目調のカラーボックスを横に倒して、鏡台代わりにしている。その上には大量の化粧品が置いてあった。

収納を開くと、インナーボックスがいくつか置いてあり、その中を覗くと、下着入れであった。今日はとりあえず下着を盗るのはやめておこうと思った。調子に乗って、部屋に入っているのがバレてしまうのではないかと疑心暗鬼になっていた。自分に〝また来た時でいいよな〟と言い聞かせた。

これが神原喜代美の匂いかと、思いきり深呼吸をした。初めての滞在時間は10分もなかった。短い滞在時間で数多く来ようと思った。リスクを考えれば、多少滞在時間が長くなっても、あまり来ない方がいいに決まっている。しかし、神原喜代美の部屋に来ているという実感で、胸の鼓動が激しく苦しくなってくる。とてもじゃないけど、耐えられなかった。

自分の部屋に帰ると、腐敗臭がして気が滅入った。

神原喜代美の匂いを嗅いだあとに、高井真郷の悪臭を嗅がされるのは腹が立った。

風呂場のドアをきちんと閉めても、魚が腐敗して酸っぱくなり、そしてどこか甘味がある臭いは、吐き気を誘い不愉快であった。

〝なんでお前の為にこんな思いをしなけりゃならないんだ！〟と怒鳴りたかったが、騒音で近所迷惑になり、警察を呼ばれてしまってはたまったものじゃない。今は何事にも我慢をする時期である。高井真郷を全て捨ててしまえば、オレは自由になれる。

オレが部屋にいない間に、誰かが高井真郷を発見しているのではないかと急に不安になり、風呂場のドアを開けた。強烈な死臭であった。鼻の奥に鉄の棒を突っ込まれたかのような錯覚に陥った。

高井真郷の肌は、シャワーで血を流しても流しても、赤黒くなる。張りは段々なくなり、皺が増えていく。

ちょっとずつ、ちょっとずつ捨てていくんだ。しかしその一方で、日々、強くなる腐敗臭が部屋の外に漏れて、通報されて見つかるのではないかと不安になった。

死臭が強くなる前に、換気扇にガムテープを貼っておいて良かった。台所の換気扇にも同様にガムテープを貼っておいた。ここから漏れる可能性がある。いや、もうすでに警察は高井真郷の殺害に気付いていて、オレをマークしているのではないかと頭をかすめることさえある。

しかし、オレの敵は焦りだ。ここで焦り、一気に捨ててしまえば、発見される可能性が高くなる。今までコツコツやってきた苦労が水の泡になってしまう。

高井真郷の死臭で飯が喉を通らない。パンを買って来ては口に詰め込むが、胃に食べものが入ると戻してしまう。食欲と死臭は共存出来ない。

外で飯を食べればいいかと思えば、体に悪臭が染み付いているようで、食欲が湧かない。

カレーならば臭いが強いので、鼻を近くまで付け、飯を掻き込めば何とか死臭を忘れて食べることが出来る。しかし、一瞬でも脳に染み付いている死の臭いを思い出せば、吐き気がしてそのまま戻してしまう。

日によって食べられる日と食べられない日があるので、自分でもわかるくらい、鏡を見るたびにやつれていった。

高井真郷を全て捨てれば、部屋からあの臭いがなくなるのだろうか？　臭いが消えたとしても、オレは一生、死臭を忘れることが出来ないのではないだろうか？　忘れられなかったら、オレは一生飯をうまいと思えないのではないだろうか？　そう考えると恐ろしくなる。〝とにかく早く捨てなければ〟という考えと、〝焦るな〟という気持ちが同居し、混乱する。

オレは気が狂いそうになっていた。

そんな中、オレの人生が崩壊するような出来事が起きた。

焦燥

高井真郷の肉片を少しばかり多く生ゴミで出してしまったかと、ゴミを捨てたあと、思い直して拾いに行くと、そこにはオレの出したゴミだけがなくなっていた。何かの間違いかと思い探したが、やはりゴミステーションにはオレの出したゴミだけがなかった。

あまりゴミステーションでゴミを漁っていても怪しまれる。部屋に帰って冷静に考えるしかない。考えるにしても、高井真郷の死臭が思考を停止させる。

オレはいつだって冷静だ。自分にそう言い聞かせた。

まず、オレの出したゴミを取って、メリットのある人間は誰だろう？　犬や猫の類いなら袋を歯で破り、必要な餌を食い荒らすだけだ。袋ごと取って行くのは人でなければ出来ない。ゴミ漁りの人間ならば、オレのゴミだけを取って行くのは理解出来ない。しかし、他の住人のゴミも取って行ったのかどうかはわからない。ゴミ袋の数なんて数えていない。

仮に、オレのゴミを取って行ったゴミ漁りの人間の気持ちを考えてみる。

高井真郷の肉片が入っているゴミ袋は、相当な異臭がしているだろう。いくらゴミ漁りの類いの変態でも、あの異臭には気が滅入るはずだし、オレは細心の注意を払って個人情報を中に入れていない。誰のゴミかわからない不快なものは、そのまま持っておくはずはない。そのゴミ袋が異常な異臭を放っていたとしても、まさか死体の肉片だとは思わないだろうし、万が一に死体と気付いた時、その人間はどのような行動を取るだろうか？

ゴミを取ったことの引け目から、そして死体が出てきたことによって、ややこしいことに巻き込まれると思い、警察には届けないだろう。

大家や管理人だったら、どうだろう？　オレの鼻はバカになっているはずだ。袋をしっかり閉めていたとしても、異臭を放っている可能性はある。不審に思った管理人はそのゴミを持ち帰り、警察に届け出る可能性はある。しかし、その場合はよほど嗅覚のある人間だ。

毎回ならば届け出る可能性はあるかもしれないが、たった1回ならば届け出て、ただの肉の塊が腐っただけと言われたとすれば、恥をかくのは管理人だ。燃えるゴミの日に異臭を放っている生ゴミを捨てたとしても、「腐る前に生ゴミを出しましょう」とは言えないはずだ。

しかし問題は、これから燃えるゴミの日に高井真郷の肉片を捨てるのを控え目にしなくてはならないことだ。他のゴミ捨て場に捨てに行くにも、異臭を放ったゴミ袋を持って歩くのは危険だ。そんなゴミ袋を持った人間が歩いていたら、出勤中の人に不審に思われるかもしれない。

考え過ぎかもしれない……。

神経質になり過ぎているかもしれない……。

しかし、オレは殺人を犯している。考え過ぎても過ぎることはないだろう。オレは高井真郷のように短絡的な人間ではない。

警察がもうすでに、オレが殺人を犯していることに感付いて動いているのだろうか？　だとすれば、一刻も早く、高井真郷の死体を全て処分しなければならない。部屋に死体があれば、言い逃れは出来ない。言い逃れの余地だけは残しておかなければならない。警察が高井真郷殺しに目を付けているならば、ここ1日2日で踏み込まれるはずだ。

まさか、オレにストーカーがついているのか？　オレについてどうなる？　いや、わからない。神原喜代美だって、オレにつかれているとは、まさか思っていないだろう。ストーカーなんてそんなものだ。だとしたら、オレの部屋に入っているのだろうか？　入っているとしたら、高井真郷の死体を見ているのだろうか？　見ているとしたら、警察に届け出るだろうか？　いや、届け出ることはないと思う。そのストーカーもオレの部屋に入った説明が出来ないからだ。

とにかく、高井真郷の死体の処理だけは早くしなければならない。どうすればいい？

焦るな。焦るな。焦るな。焦るな。焦るな。焦るな。焦るな。焦るな。焦るな。

焦るな。

その時、一本の光明が差して、鏡を見た訳ではないのに自分がニヤけたのがわかった。

神原喜代美の部屋のトイレに流し込めばいい。

口紅

オレは神原喜代美が会社に出勤したのを確認して、急いで自分の家に帰る。

昨日、高井真郷の捨てるべき肉をまとめておいた。肉が腐蝕しているので、包丁を入れるとすぐに剥ぎ取れた。

いっぺんに捨てることは出来ないが、神原喜代美のトイレに流すとなれば、多少の冒険は大丈夫だと思った。水道代の請求は2カ月に一度だし、そこで多少水道代が高くなったとしても、〝使い過ぎたかな〟程度にしか思わない。

高井真郷の肉片を運んだ時に放つ腐敗臭が、神原喜代美の部屋に残るかもしれないが、死臭を嗅いだことのない人間ならば、〝下水道が臭っている〟としか考え付かないだろう。消臭剤を使い、下水道を掃除することによって神原喜代美は納得する。まさか、自分の部屋に知らない人間が死体を運び込んでいるとは夢にも思わない。

前日に高井真郷の捨てる肉片を用意していたので、事はスムーズに進んだ。手際良く3回に分けて、トイレに流し込んだ。生ゴミで捨てる時より量も多く、しかも安全に事を運べる安心感から、久々に解放感に包まれた。

以前、この部屋に来た時は、焦って部屋を物色出来なかった。今日はいろいろ見せて貰おう。しかし、いろんなところを見るとボロが出るかもしれないから、細心の注意を払うことにしよう。

部屋に臭いが付かないように、高井真郷の肉片が入っていたビニール袋を三重に閉め、コートのポケットにしまい込み、コート自体をトイレに置いておく。ベッドの上に乱雑に置いてあるパジャマの臭いを嗅ぎ、テレビの横にある写真立てに目をやった。日付的に去年行ったであろうスキー場の写真であった。会社の仲間であろうか、学生の時の友達であろうか、同年代の男女7人であった。楽しそうに写っている神原喜代美をオレが見ているという行為に、異常に興奮した。

しかし、いざ〝さぁ何でもやっていいぞ〟と言われると、何をすればいいのかわからず、パニックになった。

いつでも神原喜代美が見られるように、写真が欲しいと思った。アルバムのようなものはないかと思った。

そこら辺を物色して、何か証拠を残してはいけないと思い、元の状態を記憶してから、収納を開けた。収納は2段。上は洋服がツッパリ棒で吊るされており、コートのエリアの下には、ズボンやスカートが畳まれていた。下の段はこの間も見た通りインナーボックスが置いてあり、下着が入っている。オレは薄いグリーンの下着をズボンの後ろポケットに入れ、収納の扉を元の状態に戻した。

「アルバムを置きそうなところは…」と考え部屋全体を見渡すと、ノートパソコンの横にアルバムらしきものが置いてあった。見てみるとやはりアルバムで、貼り切れない写真は乱雑に最後のページに20枚近く挟まれていた。

誰かの結婚式に出席した時の写真。どこかの居酒屋で撮った時の写真。ペンションの前で男女数人で撮っている写真。砂浜で女友達と手を繋いでジャンプした瞬間に撮った写真。どこかの会場でリクルートスーツを着て3人で写っている写真。ここではない部屋で彼氏に撮られたのであろうか、ベッドに横になっている今より若い写真。

オレは最近撮られたであろう、友達と2人でパーティー用の帽子をかぶっている写真をズボンの後ろポケットに入れた。

1枚だけ不可解な写真があった。

暗闇の中、1人の男を花火のようなものを持った数人が囲み、その中の1人が右手で何かを投げている仕草をしていた。右手はぶれていてよくわからないが、囲んでいる2人程は笑っているように見える。それは構わないのだが、囲まれている男は上半身裸で、胸や腹から血を出しているように見えた。周りが笑っているから血ではないと思うが、現場にいる人間しか、その楽しさはわからない写真であった。

その写真を見ていた時、外を歩いている中年の女性らしき2人の笑い声が聞こえた。もし、神原喜代美が体調が悪くなって早退をしてきたらどうしようと思い、急に恐ろしくなってきた。

オレは置かれている化粧品の中から口紅を取った。

そして、部屋に入ってから行動した全てを思い出し、元通りになっているか何度も確認してから、部屋を出た。

部屋を出る時、心臓の鼓動が速くなった。たとえ隣の人間とバッタリ会ったとしても、平然と挨拶するつもりだが、出来れば誰にも見られたくない。

実際、アパートから出るまで誰にも会わなかったので安心した。

オレは下着と写真と口紅を手に入れ、満足した。自分の部屋に戻り、写真と下着を並べ、口紅の蓋を外し、先端を眺めてみた。神原喜代美の唇にこの紅が付いていることを想像した。

性的興奮にどう結びつければいいのかよくわからないが、とにかく神原喜代美が使った口紅を自分の唇に付けてみた。鼓動が小刻みに速くなった。鼓動が速くなったせいなのか、口紅を持った手が震えている。強く唇に当てたせいで、口紅が根元から折れた。オレは急いで拾い上げ、頬に擦り付けた。オレの顔は子供がクレヨンで自由に落書きをする紙のようだった。苦しかったが、心地良かった。今まで一度も、口紅を性に結び付けたことはなかった。つまり神原喜代美の部屋には、まだまだオレにとって魅力的なものがあるはずだと思った。

鏡で自分を見てみると、猟奇殺人者のようであった。

笑いが込み上げてきた。

猟奇殺人者。

確かに、オレは高井真郷を滅多刺し、ある特定の女を狙い、部屋にまで忍び込んでいる。異常者以外の何者でもない。こんなことが出来るヤツは、世の中にそうそういない。

明日は、燃えるゴミの日だ。今夜辺り、神原喜代美はゴミステーションにゴミを出すはずだ。夜まで時間がある。高井真郷を切り刻んで、骨を砕き、また明日、神原喜代美の部屋のトイレに流し込む準備をしよう。もう少し量が多くても大丈夫なはずだ。高井真郷がオレの家に居座るのも、不愉快極まりない。

オレは、顔に付いた口紅を落とす為に顔を洗ったが、口紅に油が入っているのか、なかなか落ちなかった。

手形

今日は高井真郷の肉片と、粉々になった骨を5回分、神原喜代美の家のトイレに流した。

神原喜代美の部屋に来るのも段々慣れてきて、最初のような胸の高まりがなくなってきた。胸の高まりがなくなると、神原喜代美の部屋で何をすればいいのかわからなくなってきたので、改めて部屋の中を物色することにした。

昨夜、神原喜代美が出したゴミの中からは、実家から送られてきたと思われる手紙の封筒が入っていた。実家の住所がわかった。

神原喜代美の破片が1つずつオレに集まってくる。まるでパズルのピースが埋まっていくようだ。

しかし、神原喜代美の実家を地図アプリで調べても出てこなかった。オレの調べ方が悪いのか、よほど辺鄙《へんぴ》な場所なのかわからないが、はっきりとした場所が掴めなかった。しかし住所が割れたのだから、神原喜代美がいざ実家に戻る時は、その近くに引っ越せばいい。神原喜代美がこの辺にいなければ、ここに住む必要はない。

細心の注意を払い、インナーボックスの奥まで物色すると預金通帳が出てきた。最後の記帳は今から2カ月前であった。貯金は240万円あった。これを盗もうという程、オレはバカではない。盗んだら、確実に事件になる。もうここには来られなくなる。こんな微々たる金でオレは動かない。オレの神原喜代美に対する愛はもっと深い。

冷蔵庫の中を覗いてみると、玉ねぎが2つと目薬、湿布、薬局に売っていそうなコラーゲン入りのリンゴジュース、脱臭剤、コンビニで買ったであろうゴボウサラダが入っていた。

玉ねぎはすぐにピンときた。前々回のゴミにカレールーの箱が捨ててあった。ちょっと前にカレーを作ったはずだ。きっと神原喜代美は気が向いた時にだけ料理をするタイプなのだろう。なぜならば、コンビニやスーパーで買って来る惣菜のゴミがよく出ていた。玉ねぎもそのうち腐らせて、ゴミに出す。

さすがに今日も口紅を取って行ったら、不審がるだろうか。化粧品置き場に髪留め用のゴムがいくつも置いてある。その中に髪の毛が絡まっているゴムがあったので、オレはそれをポケットに入れて、持ち帰った。

部屋に戻ると、不思議なことがあった。部屋というより玄関だ。

薄緑色の玄関のドアに手形が付いていた。一度、玄関のドアに手を当て、そこから右下に引きずるように、指の部分が長くなっている。

「いつ、こんなもの付けたんだ？」と考えたが、わからなかった。いつも家を出る時には、鍵に目をやっているので、ドア自体は見ない。今日付けたものなのか、それとも以前から付いていたものなのかはわからなかった。

自分が無意識に付けたものなのか？　いつからあるのか？　それとも新聞屋の類いが留守に腹を立てて嫌がらせで付けたものなのか？　手の平を軽く当ててみると、オレの手より少し小さい。オレの手は一般男性の平均より少し小さい。それより小さいということは、女の手形であろうか？　女の少し大き目の手にも見えるし、小さ目の男の手形にも見える。

ふと思った。

オレの手の平のサイズと違う時点で、オレの手形ではない……。

となると、やはり新聞屋やセールスの人間が付けた手形なのだろうか？

何の為に？　嫌がらせの為？

そうだ！　何度チャイムを鳴らしても出て来ないことに腹を立て、ドアを思いっきり叩いたに違いない。嫌がらせというより腹いせだ。そう考えれば納得出来る。

オレは軽く拭き取ろうと、左手を服の中に引っ込め、袖口でドアに付いた手形を拭き取ろうとした。しかし、何度こすってもその手形は薄くならなかった。拭き取れない理由がわからなかった。

試しに、オレは自分の手の平をドアに張り付けてみた。手形が付かなかった。オレはそこまで脂性肌ではないが、こんな手形が付くほど手の平に脂を持った人間がいるだろうか？　意図的に手形を付けたヤツがいると考えるのは、オレが神経質なのだろうか？

そのくらい神経質になってもいいだろう。

オレは殺人を犯している。

オレが神原喜代美の部屋に行っている間に、誰か来たのだろうか？　まぁいい、まぁいい。

玄関の前に誰かが来たとして、何の問題もない。犯罪者は勝手に追い詰められるというのを本か何かで読んだことがある。出来事全てを自分に結び付けて、勝手に呵責《かしゃく》と闘い、自滅に陥り、自首するらしい。オレはそんじょそこらの犯罪者に負けないだけの精神力を持っている。手形が付いているのと、オレがしていることは何ら関係ない。

高井真郷さえ全て捨ててしまえば、オレは自由になれる。自由に神原喜代美を追うことが出来る。

それがオレの希望だった。

受取

高井真郷の肉流しは順調だった。

高井真郷の内臓を先に捨てようと思ったのは、神原喜代美の部屋に通うようになって少し経ってからだった。オレとしたことが、内臓が先に異臭を放つということに気付いていなかった。そんなことも考えられない自分を責めた。オレは吐きながら、高井真郷の内臓を細かく切り刻んだ。

頭部には頭蓋骨があり、なかなか骨の折れる作業だから、後回しにした。

内臓を捨てたところで、家に蔓延している死臭が減ったかと言われれば、わからなかった。ずっと死体と暮らしているとわからなくなる。

　神原喜代美の部屋にいる間、オレは段々自分でも図々しくなっていくのがわかった。神原喜代美の部屋で何度か性的快感の頂点に達し、そのゴミをトイレに流した。歯ブラシを持って帰る訳にはいかないので、口に含んで戻した。

　しかし、オレは思う。死体が運ばれているこの部屋には、何かしらの異臭はしないのだろうか？　神原喜代美は脱臭剤や新たな消臭スプレーを購入している形跡がない。オレはそれを1つのバロメーターにしていた。オレはずっと死臭と暮らしているから、感覚は麻痺している。神原喜代美は死体の臭いとは気付かないかもしれないが、下水の臭いが上がって来ているとすら思わないのだろうか？　それともオレが来てすぐ、高井真郷の肉片をトイレに流しているから、部屋に臭いが全く付かないのだろうか？　まぁ、あと十数回も流せば、もう高井真郷の死体は全てなくなり、肉片をここに運ぶ必要はなくなる。しかし、ここ最近は、神原喜代美に知られることなく、神原喜代美の部屋のトイレから死体の肉片を流している行為自体に興奮を覚えていたので、少し残念な気もした。高井真郷は本当に憎むべき人間であるが、神原喜代美の部屋とオレを繋いだ人間であるから、その点では感謝しなければならないのかもしれない。

もう神原喜代美のゴミを取ることに何の高揚もなくなっていた。それはそうだろう。神原喜代美の部屋に入り、生きた生活道具を見ると、生活パターンでも変わらない限り、出てくるゴミは似たり寄ったり同じようなものになってくる。コンビニ弁当の空きパックやシャンプーの詰め替え用のボトル、会社の近くで昼ごはんを買った時のレシート、ポストに入れられているチラシ、何かを拭いたティッシュ、床に落ちた髪の毛を取る為に使われたガムテープの切れ端……。

しかし、オレは全て神原喜代美のことを把握していないと気が済まないので、半ば義務的に神原喜代美のゴミを取る。ゴミステーションに置かれている半透明のゴミ袋は大体の見当がつく。神原喜代美は煙草を吸わないので、煙草の吸殻が入っていれば、神原喜代美の出したゴミではない。請求書がゴミ袋側に表に張り付いていれば、名前を確認して、神原喜代美でなければ、そのゴミを置いていく。その他、使っている洗剤の換え袋が違っていたり、コンビニゴミが小さい袋に入っていなかったら、そのゴミは神原喜代美の出したゴミではないので、置いていく。

大体の見当をつけ、2つ程ゴミステーションから抜き取り、部屋に持ち帰った。

1つのゴミは見当が外れた。2階に住む、30歳半ばくらいの看護関係の仕事をしている女のものであった。オレはこの女に全く興味がなかった。この女のゴミの出し方は神原喜代美のゴミの出し方に似ていたので、よく間違えた。あとで神原喜代美のゴミと一緒に、ゴミステーションに戻しておこう。必要なものだけ抜き取り、あとは戻しておくのが、オレのやり方だった。ゴミが少なくなっているのが、神原喜代美だけでなく、そこの住人の誰かに気付かれたら警戒されるかもしれない。

すぐにオレはもう1つのゴミの結び目をほどいた。多分、神原喜代美だろう。ゴミの出し方でわかる。レシートを見ても、神原喜代美の会社近くのコンビニのレシートだった。ほぼ確信していたが、神原喜代美が出したゴミであるというきちんとした証拠が欲しかった。

取ったゴミを漁っていると、使い古されたストッキングが出てきた。オレはそれを必要のないゴミとは別のところに置き、さらに何かないかと、ゴミを探った。一番下に重みのある物があり、見てみると、女性用の通販カタログが封を開けていない状態で入っていた。宛先を見てみると、そこには「神原喜代美様」と書いてあった。確証を持つと、オレはいつも脳に刺激が走り、心地良くなる。神原喜代美のゴミを取ることに新鮮味がなくなっても、確証を得た時の心地良さだけは変わらない。

あとは自分に必要ないゴミだとわかり、ストッキング以外のゴミを詰め直そうと思った時、見慣れないものが目に入った。「何だろう？」と思い見直すと、それは1枚のメモ用紙だった。必要のないゴミだと思い仕分けていたが、ゴミ袋に戻す際、何か書いてあることに気付き、その違和感からメモ用紙を手に取ってみた。人間の防衛反応だろうか、自分に不都合な情報を入れたくないと思ったのか、目の焦点が一瞬合わなかった。

冷静にそのメモ用紙に書かれている文字を見つめた。

「口紅を返してください」

オレは誰かに殴られたような衝撃を受けた。

オレに言っているのだろうか？　いや、そんなはずはない。こんな遠回りな抗議はない。口紅がなくなっていることを知っていて、しかもそれを盗ったのがオレだと知っている。かつ、ゴミを盗っていることも知っていて、それを踏まえた上で〝口紅を返してくれ〟と捨てたゴミで抗議をしている。

そんな出来すぎた話があるだろうか？

だとしたら、オレが神原喜代美の部屋に入っていることも、高井真郷の肉片をトイレに流しているのも知っているというのだろうか？

確かに最近は、警戒心がゆるんで、神原喜代美が家を出て行くところしか見届けていない。最初の頃は、神原喜代美が会社に入るところまで見届けてから、部屋に入っていた。もし、オレが神原喜代美の部屋に入って、トイレに肉片を流しているのを知っているならば、普通の女は怖くて部屋に帰って来られない。ゴミを盗っているヤツの存在を知っていて、そいつが部屋にある口紅も盗ったと思っているのか？　だとしても、部屋に誰かが入っている時点で恐怖を感じるはずだ。

偶然か？　単なる何かのシンクロニティなのか？

冷静に考えよう。「口紅を返してください」というのは、誰かに向けて言っているのであれば、誰かに盗られたことを意味している言葉だ。盗られたのでなくても、誰かに貸しているのかもしれない。であるにしても〝ください〟と敬語を使っている。目上の人だと予想出来るが、雑にメモ用紙に殴り書きをして要求するなんて失礼だ。仮に目下の人で面識があまりないにしても、直接言うか、直接言えない関係ならば、そんな遠回りな方法は取らない。いずれにしても走り書きは失礼だ。清書前の練習用なのだろうか？　いや、「口紅を返してください」と練習するヤツがいるのか？

仮にオレに向けて言っているにしても、オレがなぜ部屋に入れるのか考えると理解が出来ない。自分だったら絶対に鍵を替える。

ただ単純にゴミを漁っているヤツがいるのは知っていて、そいつに向けて言っているのかもしれない。自分が口紅を捨てたと勘違いして、やはり勿体ないから取り戻そうとして、ゴミを持ち帰って……。

そんなヤツはいない!!　どういうことなんだ!!　都合の良いように考えてみたいけど、どう考えても整合性が取れない。一体どういうことなんだ？

翌朝、神原喜代美が部屋を出て行くタイミングに合わせて、オレも自分の部屋を出た。

神原喜代美はいつも通り、駅に向かう。周りを警戒している様子がない。いつも通りの朝だ。

オレは最近、この時点で踵を返し、神原喜代美の部屋に向かっていた。怠惰な行動を取っていた。もし、万が一神原喜代美が忘れ物をして部屋に帰って来たら、一巻の終わりだった。

ある程度の成功は、その人間を怠惰にする。まさにオレがそうだった。気がゆるんでいたのに、神原喜代美に見つかるなどの大事に至らなくて良かった。

オレの最優先事項は、高井真郷の肉片を全て捨てることである。そのあとゆっくり、神原喜代美のことをつければいいではないか。神原喜代美の部屋に入ることで、1つの達成感を味わってしまっていた。

オレは神原喜代美が会社に入ることをきちんと確かめた。神原喜代美は会社に出勤している。これが大事だ。まず神原喜代美が会社に出勤しているという事実が、オレにとって大事な情報である。これで神原喜代美は今の今、自宅周辺にはいないという事実が確定される。しかし、オレは神原喜代美の家に肉片を捨てに行きにくくなっていた。結論を出せないうちは、しばらくうかつに行動出来ない。

あれから、他にも考えてみた。たとえば、神原喜代美が部屋の様子がおかしいと思い、監視カメラを目立たない場所に設置していて、オレの行動が全て筒抜けだったとしても、それよりもまず、オレを部屋に入れない努力の方が先だと思う。もしくは、神原喜代美が忘れ物をして、部屋に戻って来て、部屋の中に誰かがいる気配を感じ取ったとしても、警察にそのまま行くはずだ。

高井真郷の死臭は日々、濃くさらにねっとりとしてきているが、それはひとまず置いておく以外に方法はない。燃えるゴミの日に、オレの出したゴミがなくなっていることもあったので、それもうかつに出せない。

これだけ時間が経って、逮捕に来ないとなると、オレのゴミを取ったのが警察ということはないだろう。

しばらくは、自分の精神衛生上的にも動かない方が良いと思った。今日は何もせずに過ごそう。

オレは自分の家に帰ることにした。

思考停止

それを見ると、声が出せなかった。

鍵を開ける前に、その異常事態にオレは完全に思考を止められた。

手形がもう1つ付いている。

前に付いていた手形の左斜め上に付いていて、右下に向けて引きずられている。形の悪い×印になっている。神原喜代美ではない。今、神原喜代美が会社に入っていくところをこの目で確かめてきた。神原喜代美の選択肢は消えた。

誰かがオレの部屋の玄関まで来ていることは確かだ。新聞屋の類いのセールスの人間がこんな嫌がらせを二度もやるだろうか？　一応、向こうも客商売ならば、こんな証拠の残る嫌がらせはしないはずだ。

警察がオレに目を付けて訪ねて来たとしても、こんなことはしない。警察でもないセールスマンでもない、神原喜代美以外の誰かが玄関まで来ていることは確かだ。

自分の肩が震えているのが、わかった。肩が震えるなんて、オレの人生で一度もなかった。

振り返り、辺りを見渡しても誰もいなかった。近所のガキが何の脈絡もなく、不規則にターゲットを絞ってイタズラでもしているのだろうか？

ガキがこんなに手が大きいはずがねぇじゃねぇか、と心の中で毒づいた。

冷静に考えてみろ？　死体の肉片が入っているゴミを取られているんだぞ？　片付いてないのに、しばらくは動けないとか甘いことを言っている自分に腹立った。何をオレはのんきに「高井真郷の肉片が片付けば自由だ」なんて考えているんだ？　水道代が増えて怪しまれるとか言っている場合じゃない。オレの部屋から全て高井真郷の死体を消さなくてはならない。

仕方がない。やるしかない。生ゴミで出せなくて、神原喜代美の部屋のトイレに流せないのならば、うちのトイレに流すしかない。

オレはポケットから鍵を取り出そうとしたが、上手く取れなかった。全ては震える手のせいであった。それでも何とか鍵を取り出し、鍵穴に突っ込んだ。玄関のドアを開け、靴を脱ごうとしても、焦っているとなかなか脱げない。自分の左足で右のスニーカーを押さえ込んで脱ごうとしたが、力の加減がわからず擦り傷になったのがわかった。それでも無理矢理脱ぎ捨て、風呂場に向かった。

「………あっ、あああ………ああああああ……」

あまりの衝撃に、自分で何を見ているのか一瞬わからなかった。視界が揺れた。家では大声を上げないと決めていたのに、声が漏れ溢れた。そして、立っていられなくなり、腰から倒れ込むと、両手を後ろに付いた。その手も震えて頼りなかった。

風呂場のドアが開いている……。ここ最近は、確かに自分でもいろいろなことにずぼらになっていた。それは認める。それは認めるが、風呂場のドアはいつも確実に閉めているはずだ。なぜなら、腐敗臭を少しでも軽減しようと思っているからだ。それに隠さなければならないと思っている中、わざわざ風呂場のドアを開けておく必要はない。

オレが閉め忘れていたのか？

オレの中に、そんなエアポケットが存在していたのか？

……そんな甘い考え、捨てろ！

オレは自分に言い聞かせた。自分に冷静さを取り戻させる為に、最悪のシナリオを自ら叩き付けた。〝大丈夫だろう〟という曖昧な考え方は危険だ。

オレは殺人を犯している。

〝バレているかもしれない〟で全て考えていかなければ、この状況を抜け出せない。死体の肉片が入ったゴミを取られて、家に誰かが来て、手形を付け、部屋に入られ、風呂場のドアを開けられている。

つまり死体を見られている。

それが誰かはわからない。

とりあえず、神原喜代美のゴミから「口紅を返してください」というメモが出てきたのは、後回しで考えよう。危険な状況下では、何から行動するべきなのかをきちんと整理しなくてはならない。

もし、オレが神原喜代美の部屋に入っているのがバレているとしても、高井真郷の死体をトイレに流していることとは別の話だ。万が一、部屋に隠しカメラが仕掛けられていたとしても、肉片を流しているところは、トイレに隠しカメラを付けていない限り、わかりようもない。もし、住居侵入で捕まったとして、証拠のビデオを突き付けられたとしても、家のゴミを捨てたと言えばいいだろう。取り調べの人間を納得させるならば、変態を装い、ストーキングする人の家に自分の糞尿を流すのが趣味だったと言えば納得するだろう。

最悪、ストーカーで捕まっても構わない。構わないが、出来ればストーカーでも捕まりたくない。それは後回しで考える。

優先事項は高井真鄉の死体処理だ。いくら見たと言う人間が現れたとしても、物的証拠がなければ、裁判は困難を極める。トイレに流して数カ月もすれば、どこから流れて来たかわからなくなるだろう。だとしたら、1分、1秒でも早く流し込んだ方がいい。あとは時間が過ぎるのを神に祈り続けるしかない。水道代が急に増えて怪しまれるなどと言っていられない。

死体がオレを脅迫する。

オレはバスタブでグチャグチャになっている高井真鄉の肉片に手を掛けた。あとは全て面倒臭い部分だった。しかし、内臓だけは抜き取って、神原喜代美のトイレに流し込んでいたことだけは良かった。

面倒臭い部分は2つ。頭部と肋骨の部分だった。肉が腐り、ドロドロしている部分があるにしても、肋骨から肉を削ぐのは骨が折れる作業だった。手で取れる部分は手で剥ぎ取る。吐き気が襲う。脳天に電流が走る。オレは我慢せず、そのまま高井真郷の肉片に嘔吐物をかける。そんなことに構っていられなかった。あとでシャワーで流せばいい。肋骨から剥がした肉片をバスタブの外に出す。どうしても肋骨から剥がれない肉片は、包丁を台所から持って来て、削ぎ落とす。背中側の肉がこんなにあるものだとは思わなかった。肉片は肉片でまとめようと思い、左足の腿の部分の肉を剥ぎ取った。悪臭を避ける為、口で息をしていたが、不意に鼻から臭いを嗅いでしまった。吐き気をもよおし、そのまま吐いた。

これで両手両足の肉はなくなる。肋骨回り、背中、左腿の肉を合わせると、かなりの量になった。

少しでも証拠をなくそうと、オレはそれらをトイレに流し込む作業に移る事にした。トイレに流す回数はなるべく少ない方がいいと思った。万が一、水道代が急激に増えて怪しまれてはいけない。流れるギリギリの量を探ろう。

一度目はすんなり流れ、二度目はもう少し量を増やした。少しずつ……少しずつ量を増やそう。流しながら、背中の肉を細かく切り刻んだ。包丁を入れると、腐りながらも肉の繊維があることに、妙に感心した。

まな板を持って来ようか迷ったが、そんなことに構っていられなかった。細かく刻んではトイレに投げ付け、溜まると流した。下水に流すとはいえ、なるべく見た目で肉とわからない方がいい。冬なのに汗が滴り落ちる。息切れしているが、口でしか息をしていないので、鼻水も垂れてくる。その度に袖口で鼻をこする。

その作業の繰り返しで集中力が切れたのか、今までより少し肉の量が多くなったが、流せるだろうと思い、レバーを上げた。すると水嵩《みずかさ》がどんどん増えて便器から水が溢れて来た。

……詰まった！　オレは息が詰まりそうになった。

オレは時間を置いて、もう一度レバーに手を掛け、流した。今度は水嵩が便器を越え、その流れに乗って肉片が外に漏れ出した。

「クソっっ!!」

オレは声を荒らげてしまった。

どうすればいい？　うちにはトイレや台所が詰まった時に使うラバーカップがない。買いに行くか？　いや、オレが家を出ているうちに、手形を付けたヤツがまた来るかもしれない。

どうしたら水が流れるんだ？　どうしたら肉が流れるんだ？

直れ、直れ!!

オレは何の躊躇もなく、便器に手を突っ込んだ。なるべく奥に手を突っ込み、肉片が引っ掛かっているであろうところに見当をつけ、いくつか取り除いた。しかし、便器の水嵩はすぐには減らなかった。しかし、詰まっているとはいえ、時間が経てば水は肉片の間を通り、少しずつ減っていくだろう。トイレの詰まりはあとで考えよう。オレの排泄はビニール袋にして、可燃ゴミの日にまとめて捨てよう。

とにかく今、他に出来ることをやろう。時間を無駄には出来ない。骨だ！　骨の問題だ。細かく粉砕するしかない。オレは何本か骨を手に取り、風呂場から居間に移動した。

台所から業務用のおろし金を持って来て、骨をすりおろす。オレが一番嫌いな作業だ。人の骨は不規則な形をしているから、すりにくい上に硬い。最後のおろせない部分はペンチやハンマーで粉砕しなければならない。

なるべくペンチで粉砕しよう。ハンマーで叩き付けるのは、下の住人の迷惑になってしまう。通報でもされたら大変だ。ハンマーで叩きつけて粉砕する方法は諦めよう。しかし、その前にそもそも骨をおろす単純作業は、肩、肘、胸の付け根に負担を掛け、痛くなる。持久力との戦いだ。

しかし、そんなことも言っていられない。高井真郷の全てを捨て去らなければ、オレは終わりだ。

骨をすりおろして疲れれば、トイレの水嵩が減ったか見に行く。そんな作業をどれ程したただろう。オレの息は荒く、心臓の鼓動は速く、汗の玉も次から次へと滴り落ちる。

肩、肘が限界だった。ペースが落ちているのが、自分でもわかった。ただただ腕を動かしているだけで、あまり骨が削られていないのもわかった。意識が朦朧《もうろう》としている中、気付いた時には、気力を振り絞り、骨おろしに集中した。しかし、気力はあっても、物理的にあまり腕が動かなかった。

オレは一度大きく伸びをし、床に倒れ込んだ。時計を見ると、そろそろ神原喜代美が帰って来る時間だった。神原喜代美は、飲みに行く時以外は大体同じ時間に帰って来る。そろそろ姿を現すのではないかと、気分転換にオレは電気を消して、外を眺めることにした。

オレは片目でカーテンの隙間から外を覗き見た。その体勢で十数分待った。高井真郷の骨を削るよりも、よほど楽しい作業だった。今に現れるのではないかと思うと、心が躍った。いつ来てもいいように、歩く人全員を凝視した。

神原喜代美が現れた。

視線

黒いロングコートを着て、髪を後ろで結わいている。神原喜代美だと確認して1秒もしなかった。神原喜代美は歩きながら、2階のオレの部屋を見た。ただの偶然かと思っていたら、神原喜代美は歩きながら、後方を見る形でうちを見ていた。

オレがカーテンの隙間から見ていることがバレてる？　いや、電気を消しているから、外からはわからないはずだ。車のライトがうちに当たって、オレの姿が透けたのか？　明かりが当たっている感じはなかった。上の階のヤツが何かをやっていたのか？　神原喜代美が凝視する程の何かって何だ？　いや、目線はそんなに高くなかった。

やっぱりうちを見ていたのか？　ちょっと待て。見ていたからって、何だと言うのだ？　何をされた訳でもない。見ているならば、オレだって神原喜代美のことをずっと見ていたじゃないか？　お互い様だ。お互い見ているなんて、願ったり叶ったりじゃないか？

気のせいだ……。冷静になれ。お互い見ているなんて、ある訳がない。今のはたまたまだ。たまたま何かが気になって、神原喜代美はうちの窓を見ていた。それでいいじゃないか。それで今からは、オレが神原喜代美を見続ける。

そうだよ。オレらは最初からそうだったじゃないか!!

神原喜代美のアパートから、門を開ける音が聞こえた。神原喜代美がゴミを持って出て来た。暗くてよく見えないが、心なしか神原喜代美の目線がこちらに注がれているような気がする。

神原喜代美はゴミボックスを開け、ゴミを捨てた。神原喜代美は踵を返すように振り返ってこちらを見た。オレの心臓は大きく1回跳ね上がった。動く訳にはいかない。カーテンが揺れるので、オレが覗いているのがバレてしまう。

神原喜代美は先程と同じように振り返りながらも、自分のアパートに戻っていった。

どういうことなのだろう？

うちに何かがあるのだろうか？

ベランダに出てみるくらいならいいか？

1日部屋で単純作業をしていたので、目が痛く、外で目を休めたかった。オレはカーテンを開け、ベランダに出てみた。別段、変わったところはなかった。

もうそろそろ神原喜代美は部屋に戻って来ただろうか。恐らく、仕事から帰って来て、1日の疲労感から、まずは座ってひと休みするだろう。もしくは先に着替えてから休むのか、神原喜代美はどっちなのだろう？

……っ。

神原喜代美がカーテンを開けて、ベランダに出て来た。今まで一度もなかった。洗濯物でも干すのだろうか？　冬の夕方にそれはないとすれば、ゴミをベランダに置いたのだろうか？

……何をしているのだ？

こっちを……見ている……。

ベランダの壁に身を委ねて、オレの部屋の方向を見ている。さすがにオレは気味が悪くなってきた。オレが神原喜代美の方を見ると、目が合うような気がする。

オレはベランダから部屋の中に入った。電気は点けず、時間が経ったらもう一度覗いてみよう。

オレは暗闇の中、高井真郷の骨をすりおろした。一度休んだので、肩、肘の疲れが少し取れた。

暗闇の中の単純作業は、一瞬気が遠くなる時がある。一旦休み、カーテンの隙間から神原喜代美の部屋を見てみると、神原喜代美はこの寒空の中、まだベランダからこちらを見ていた。

一体何なのだろう？　うちの上でも燃えているのだろうか？　それだったら、あんなに悠長に眺めていないはずだ。

神原喜代美は恐らく、自分のゴミが何者かに取られていることに気付き、ゴミを出したあとに見張っているのかもしれない。でないと、あの寒空の下、ずっとベランダにいる意味がわからない。

オレの部屋を見ていた。オレが取っていることに気付いているのか？　ゴミに

「口紅を返してください」とメッセージを入れたということは、部屋に入っていることも知っているのだろうか？　だとしたら、よくあの部屋に帰って来られると思う。部屋の鍵を見知らぬ誰かが持っているだけで、ゆっくり眠れないはずだ。それでも部屋にいるということは、それだけ大丈夫な理由があるのだろう。警察に被害届けを出して、マークさせているのかもしれない。それか、自分の目でゴミを取っている人間を見つけて、そのまますぐに警察に連絡をするのかもしれない。

しかし、神原喜代美はゴミステーションを見張っているというより、オレの部屋を見ているような気がする。

もう一度、カーテンの隙間から神原喜代美の部屋を見てみよう。暗闇でよくわからないが、部屋の中のオレを睨んでいるような気がした。

いずれにしても、はっきりしたことが1つある。

神原喜代美が以前と違う行動をしたので、注意をしなければならない。神原喜代美の部屋に行って、高井真郷の肉片を捨てるのを控えよう。また神原喜代美が以前と同じような生活パターンに戻ったら、部屋を訪ねよう。

それまではお預けだ。

だけど、高井真郷の肉片を、骨をどうすればいいのか？　燃えるゴミの日に出すと、誰かが持って行く可能性がある。神原喜代美の部屋には運べない。うちのトイレは今、詰まっている。明日、ラバーカップを買って来て、トイレの詰まりをなくし、一気に高井真郷の全てを流し込むしか方法はない。

全ては明日だ……。

もう一度、カーテンの隙間から神原喜代美の部屋を眺めてみた。神原喜代美はまだ、こっちを見ていた……。

水泡

次の日、神原喜代美は、何事もなかったかのように出勤していた。怠惰だった時の自分を反省するように、オレはきちんと神原喜代美の会社までついていった。

会社が入っているビルの入り口で同僚に会ったらしく、挨拶をし、談笑しながらエレベーターの方に歩いて行った。遠かったので何を話していたのかはわからないが、たいした話ではないだろう。多分、そこまで深い知り合いではないはずだと思う。神原喜代美の部屋にあったアルバムの写真では見ていない顔なので、神原喜代美と同じイベントに一度も参加していない程度の付き合いだ。

神原喜代美が会社に行ったことを確かめると、オレは自宅から1駅離れたホームセンターに行き、ラバーカップを購入した。家に帰る前、不安に襲われた。

もう1つ手形が増えていたら、どう考えればいい？

今日も誰かが部屋の前まで、いや、中に入って来ていたとしたら……？

家に戻ると、玄関のドアに新たな手形は付いていなかった。付いていなかったとしても、安心は出来ない。うちに来ている誰かは、オレの部屋に入る何かしらの手段を持っている。

ひょっとして、部屋の中に誰かがいたらどうすればいい？

考えると足が震える。

今、手に持っている武器になりそうなものは、このラバーカップしかない。こんなもので、人1人倒せることが出来るのか？

中にいる人間は、玄関のドアが開く音でどこかに隠れ、オレを倒す準備が出来る。こっちはどこにいるのかわからない状態から戦いを始める。圧倒的に不利である。

しかし、オレはこんなところで負ける訳にはいかない。今まで高井真郷を人知れずバラバラにしてきた苦労が水の泡になってしまう。もし、誰かがオレの部屋に侵入していたとしたら、オレはそいつを殺し、もう一度高井真郷と同じようにバラバラにして捨てなければならない。

それを考えると、途方もない虚無感に襲われる。そんなことを言って実際に起こっても、オレはしばらく何も出来ないだろう。だからと言って、永遠に自分の部屋に入らない訳にはいかない。

オレは覚悟を決めて、静かにドアを開けた。自分でも感心するくらい、静かにドアを開けられた。

オレは靴を脱がないで、まず台所に向かい、包丁を取りに行った。台所に行くまで、1カ所死角があるので、オレはラバーカップを振り下ろし、確認した。包丁を手にする時に、心臓の鼓動が速くなった。オレはひとまず安心した。

あと隠れる場所があるとすれば、収納と風呂場である。そこに誰かがいたら、理由が何であろうと、もっと言えば誰であろうと、刺し殺さなければならない。オレは収納を開けては包丁を振り回し、風呂場のドアを開けては奇声を上げた。

今日だけは自分の中で特例だった。四の五の言っていられなかった。真っ昼間に一度くらい奇声を上げても、近所迷惑で通報されないだろう。

しかし、それは取り越し苦労に終わった。風呂場に違和感がないか確かめたが、特に変わったところはなかった。高井真郷の残りの肉片は昨日と同じ状態だったし、詰まった便器は朝見た通りで、周りに肉片がこぼれ落ちていることはなかった。

オレは気を張っていたせいか、何もないとわかると、その場にへたり込んだ。そして、すぐにベランダを確認していなかったことに気付き、駆け出した。

誰もいなかった。

一瞬、安堵感に包まれたが、〝ゆっくり出来る立場じゃないだろ？〟と自分に鞭を打った。

早速ラバーカップを手に取り、便器に向かった。流れ口に詰まっている肉片を手で取り除き、ラバーカップを押し当て、何度も引き抜いた。数回繰り返すが、流れた感触はなかった。ラバーカップの使い方を間違えているのか、全く効果がなかった。ひょっとしたら、もう流れるんじゃないかと思い、水を流してみるが、水は便器から溢れ出てくる。

ラバーカップを当て、引き抜くだけなのに汗が流れる。ネットでラバーカップの使い方を調べてみても、オレがやっている方法とたいして変わらなかった。ネットには【ラバーカップを試してみても効果が得られない場合は大家に言って、業者にパイプごと替えてもらいましょう】と書いてあったが、そんなこと出来るわけがない。

公園の公衆トイレに流し込むか？　やってみる価値はあるが、オレの家から一番近い公園でも10分は掛かる。しかもこの辺りでは一番大きな公園だから、目撃者の数も多いだろう。大きな公園だと監視カメラもきっとある、危険だ。

オレは神に祈る気持ちでラバーカップを何度も引き抜いた。2時間くらいはその単純作業を繰り返しただろうか。急に具合が悪くなり、吐き気をもよおしたので、休憩を取ることにした。ストレスなんだろうなと思い、自分で自分を少し笑った。

吐くと言っても便器が詰まっているので、吐くなら風呂場か台所だ。しかし、台所まで詰まらせてラバーカップを使う羽目になりたくない。少し横になっていれば治るだろう。

オレは居間で大の字になって寝た。気分が悪かったら作業も出来ないし、仕方がないと自分に言い訳した。
久しぶりに休んだ気がした。

……いつの間にか、うとうとしていた。寝るつもりはなかったが、気持ち良かった。横になって自分に言い訳が出来ると、具合もすぐに良くなった。
気持ちの良かった時間はどのくらいだったのだろうか？　玄関で何かゴソゴソする音で目覚めた。

後悔
覚醒という言葉が近いだろう。一気に目が覚めた。
手形のヤツか？　だとしたら、顔を見ておきたい。オレの敵がどんなヤツか知っておくべきだ！　しかし、その一方、今度こそ警察だったらどうしようという恐怖の念に駆られもした。今の今まで、ただ単純に逃れてきただけで、今回は何かの証拠が出て踏み込まれるかもしれない。

オレの敵は一体、何人いるんだ？

いつから、こんなことになったんだ？

オレはただ単純に、神原喜代美を追いかけたかっただけなのに……。

高井真郷。警察。何者かわからないヤツ——。敵であった高井真郷を殺害したままでは良かったが、追いかけていた神原喜代美まで、ひょっとしたら敵なのかもしれない。

最悪の事態は、警察に捕まることだ。今まで高井真郷をバラバラにしてきた苦労が水の泡になってしまう。何者かわからないヤツが入ってきた時は、滅多刺しにするしかない。いや、滅多刺しにしたい。

ドアからカリカリと音がしている。

会社まで見送ったのでそれはあり得ないが、もし神原喜代美だったら中に入れて話を聞いてみよう。最悪のことを考えても、女なら力勝負で勝てる。いや、そんなことを考えている場合ではない。警察の場合、証拠を隠さなければならない。オレはハンマーを持って、風呂場に走った。とにかく高井真郷の形をなくし、証拠を隠ぺいしなければならない。オレは高井真郷の顔の部分を形がわからなくなるまでハンマーで殴った。骨を砕き、肉がハンマーにまとわりつく感覚が柄の先から伝わった。

オレは後頭部が震える嫌な感覚を味わった。

高井真郷の頭部は原形がわからなくなる程、ぐちゃぐちゃになった。そのぐちゃぐちゃになった頭部と流し切れなかった肉片を集め、押入れに隠した。

警察だったら、もう踏み込まれているはずだろう。オレは恐る恐る、玄関のドアの穴を覗き込んでみた。

……誰もいなかった。

恐らく、手形が付いているだろう。それ以外は考えられない。オレは覚悟を決めた。手形が付いていたから何なんだろうか？　付けたいだけ、付ければいいじゃないか！　オレは鍵を開け、上半身を反転させ、表側のドアを見てみた。

確かに、手形は付いていた。３つ目だ。今まで付いていた２つの手形の上に指先が真上に向く形で付いていた。

それはいい……。

それはいいのだが……赤い塗料だろうか？　口紅を使ったようにも見える。先に付けられた2つの手形の上に、書き殴られていた。

「口紅を返して！」

オレは、判断を間違えたと思った。

今、当面の敵は警察じゃない。手形を付けていく誰かだ。普通に考えれば、うちの玄関前に来ているのは神原喜代美だ。ゴミの中から「口紅を返してください」というメモが出てきて、ドアに「口紅を返して！」と書かれている。単純に話が繋がる。

オレは本当に後悔した。玄関から不審な音が聞こえた時に、真っ先にドアの穴から覗くべきだったのだ。顔を見られなくても、後ろ姿さえ見れば、神原喜代美かどうかくらいはわかる。体の大きさや歩き方、服装の傾向でわかる。もし神原喜代美だとしたら、オレが会社までついて行き、そのあとオレについて来ているということなのだろうか？　だとすれば、オレが追っているということを知っている。

まぁ、知っているだろう。

ゴミの中にオレ宛のメッセージが入っているくらいなのだから、当然そうなのだろう。しかし、物理的にどうしているのかがわからない。そして、その理由がわからない。

口紅なんか、だいぶ前に捨てた。使うだけ使って根元から折れた。返せと言われても返しようがない。

オレはいつも正しい判断をしてきたし、それが出来る人間だと思っていた。

不審な音が聞こえた時、まずやることは高井真郷の死体隠しじゃなかった。発見まで少しでも時間を稼げればいいと思ったが、そんなことは時間の問題だった。いずれ見つかる。

しかし、それはそれでもう割り切るしかない。今、取るべき手段はこれしかないだろう。まず高井真郷の残りの肉片を証拠なく片付ける。

手形を付けている人間が神原喜代美であるとしたら、部屋に入っている。つまり、高井真郷の死体を見ている。

オレは決意した。神原喜代美を監禁し、一生外に出られない人間に育てる。絶対に口外しない人間に洗脳する。出来れば避けたいが、どうしてもダメな場合は殺害する。

手形を付けている人間が神原喜代美ではなかったとしても、今回の一連の出来事は神原喜代美を中心に行われている。神原喜代美から角が立たないように説得して貰えばいい。

思い付いた今、すぐに行動するべきだと思い、押入れからぐちゃぐちゃになった高井真郷の肉片を台所に持って行った。

人生で、何かしらの勝負をかけなくてはならない時があるとするなら今だ。恐らく人生で勝ってきた人間は、出来ないと思えるようなことを何度も乗り越えてきただろう。そしてオレは今、その場面に出くわしている。

オレは以前、本で読んだことがある。世界で何件も起こっている。犯人が事件を隠ぺいする為に、心を殺して自分自身を隠ぺいの道具に仕立てる……。オレに迷いはなかった。

禁忌

まずは顔の肉を骨から削ぎ落とす。さっき頭蓋骨をハンマーで砕いたので、削ぎ落とすのが面倒だった。慣れたはずの腐敗臭が高井真郷の肉を動かす度に強烈に鼻を突く。嗚咽《おえつ》しながら、オレは肉を剥ぎ取った。

オレはフライパンを熱し、油をひき、その肉を焼いた。油が足りないからか、肉がフライパンに引っ付く。暴力的な臭いがした。腐っている肉を焼いているのだから当然だろう。換気扇を回すと臭いが表に出て、苦情がくるかもしれない。

オレは耐えた。嗚咽で涙や鼻水が止まらない。数百匹の腐った魚と大量の生ゴミを燃やしているような臭いがした。酸っぱく、そして甘いような不快な臭い。煙で目が痛くなる。そのままではとても無理だと思い、醤油をかけた。しかし、より強い調味料でなければ無理だと思い、醤油をかけたあと、ソースも大量にかけた。人生の中で嗅いだことがない異臭が部屋の中を包んだ。その臭いはオレに恐怖を与えた。

肉に火が通ったのを確認して、皿に載せた。居間に皿を運ぶ時、「わざわざしなくても…」と少し笑った。

箸を手に取り、覚悟を決めた。ここは頬の部分だろうか？　それともアゴの部分だろうか？　いらぬことが頭をよぎる。口に入れた瞬間、反射的に嗚咽して、吐き出した。肉と一緒にヨダレも垂れた。しかし、食べなければ次の行動に移れない。トイレの肉片はあとで考えるとして、残っている肉片の証拠を隠滅したい。腹に入り、公衆トイレで排泄すれば、絶対にバレやしない。

食わなきゃ、何も始まらない。

オレは一気に掻き込んだ。虫がたかっている魚を口に突っ込まれた映像が頭をよぎった。とてつもない生臭さが鼻から抜けた。血の臭いだろうか、その生臭さは自分に嗅覚があることを恨ませるに値する異臭であった。

涙が溢れる。胃が痙攣《けいれん》する。喉を通らない。

オレは上唇と下唇が離れないように両手で押さえた。唇を縫えば開かないだろうかと一瞬考えた。人間に与えられた本能だろうか？　体が受け付けないように出来ているとしか思えない。

激しい嘔吐感がオレを襲う。

飲み込まなければ……。

普通でないことをやろうとするならば、普通の人間がやらないことをしなければならない。オレは他の人間がやらないことをやろうとしている。

オレは唸りながら、高井真郷を焼いた肉を飲み込んだ。オレは打ち勝ったと思った。すぐに胃が痙攣して戻しそうになったが、〝オレは普通の人間じゃない〟と強く思いながら、もう一度唾を飲み込み、胸の辺りで逆流する高井真郷の肉片を胃に押し込んだ。

砕いた頭蓋骨は、飲み物と一緒に一気に飲み込もう。髪の毛だけは飲み込めないので、よく洗い臭いを取ってから細かく切り、ビニール袋に入れて、コンビニのゴミ箱に捨てよう。ゴミ1つならば生活ゴミと思われないだろう。

さすがに肉を飲み込んだ今の今は、骨も飲み込むのは無理だ。胃が落ち着いたらにしようと思ったが、肉を焼いた臭いが部屋に充満しているので、なかなか落ち着かなかった。

寒いが、ベランダで時間が過ぎるのを待った。外の空気がうまかった。都会でこんなに空気がうまいなんて、今まで全く気付かなかった。空気を吸えることにありがたみを感じ、涙が溢れてきた。オレは手で涙を拭い、気付いたら、「うまいうまい」と独り言を言っていた。涙は次から次へと流れてくる。

どうしてこんなことになったんだろう？　再び疑問が浮かび上がる。オレは神原喜代美を見ていたかっただけなのに……。神原喜代美を愛したかっただけなのに……。いつの間にか人肉を食っている。今度は笑いが込み上げてきた。クックッと笑いながら、溢れてくる涙を手のひらで拭った。

外は寒かった。風が瞬時に体温を奪う。しかし、外の寒さの不快感より空気のうまさが勝った。オレは特に何をする訳でもなくただ座って、胃が治まるまで空気を吸い続けた。

骨は一気に飲み干した。2回に分けて、コーヒーと一緒に飲み込んだ。人肉に比べれば、骨は粉っぽいのが苦痛なだけで、楽に飲み込めた。とにかくコーヒー2杯分の骨は飲みきった。まだまだ骨は残っているが、これはいつでも飲み干せる。

オレは次の段階に入る。

神原喜代美を監禁する。オレの部屋に呼び込むことは難しい。神原喜代美の部屋で神原喜代美を監禁する。玄関から入って来た神原喜代美を、トイレに隠れているオレが背後から包丁で脅せば、言うことを聞くだろう。言うことを聞かない場合は、スタンガンで気絶させて縛り上げればいいだろう。

オレはスタンガンを早速、インターネットで注文した。届くまで数日掛かるだろう。実行はスタンガンが届いてからだ。稚拙な作戦だが、一番ベストな方法だと思った。

会社に来なくなった神原喜代美を心配して、同僚は電話をしてくるだろう。それは、神原喜代美をコントロールすれば回避は訳ない。包丁で神原喜代美の肌を少し切れば大丈夫だろう。そして、いつだったか神原喜代美が捨てた実家からの手紙に書いてあった住所を耳元で囁いて、「親を殺しに行く」と言えば言うことを聞くだろう。手紙を送ってくるくらいだから、家族とは関係が悪くない。

ここ数日は様子見だ。神原喜代美の行動パターンを改めて確認しておこう。もうすぐ神原喜代美がオレのものになるかと思うと高揚した。オレのものになったら、あれがしたい、これがしたい、と想像すると胸の鼓動が速くなった。それがもうすぐ現実のものになる。

高井真郷の肉片を食べただけの価値はある。オレはそう思い込むことにしている。

これで全ての問題が解決する。

神原喜代美は数百万円の貯金があるから、しばらく大丈夫だろう。飯も生活用品も、今はインターネットで注文すれば、外に出ないで済む。金がなくなったらなったで、その時考えればいい。その頃には、洗脳も出来ているだろうから、神原喜代美を働かせることも出来る。うまくいくことしか頭に浮かばなかった。神原喜代美が帰って来るのを待った。

恵み

買い物をしてきたのだろうか、神原喜代美はいつもより30分遅れて帰って来た。しかし、そんなことはどうでも良かった。

オレは目を疑った。今まで見たことがない男と一緒に帰って来た。街灯の光だけだとはっきりと顔までは見えないが、カジュアルなグレーのコートを着ているので、会社員という雰囲気ではなかった。彼氏なのだろうか？　オレは油を含んだ紙が突然燃えるような感覚を覚えた。嫉妬だった。強烈な嫉妬に駆られ、次の瞬間、脳に重石を乗せられたような感覚に陥った。オレの口からは「嫌だ」という言葉が漏れていた。自分で気付くまで数秒掛かった。オレはその男と神原喜代美が2人で部屋に入って行く様子をただただ見つめるしかなかった。

何にせよ、監禁計画中にタイミングが悪い。何か計ったかのようであった。オレは絶望感に襲われた。2人を監禁して洗脳するのは不可能だ。彼氏がいると、全ての計画が狂ってくる。狂ってくるが、チャンスはゼロではないと思う。いや、そう思わなければ、オレは生きていけない。

もし一緒に住むんだったら手立てはないが、たまに遊びに来る程度だったら、監禁した時に、脅して電話で別れさせればいい。彼氏がごねて家に来たとしても、前もって「二度と来ないで」と言わせればいいだろう。

神原喜代美の部屋の灯りが点いた。

突然、高井真郷の肉を食べたことを思い出して、吐き気に襲われたが、必死に振り払った。

オレは神原喜代美の部屋の灯りを見る。部屋で楽しく談笑でもしているのだろうか？　それを外から1人で見ているオレは何なのだろう？

神原喜代美が夕飯でも作るのだろうか？　何を作るのだろうか？　何品作るのだろうか？　味付けはどんな感じなのだろう？　料理慣れしていない神原喜代美は、何分くらいで料理を作り上げるのだろうか？　その間、彼氏はどうやって性交為に持ち込もうかとでも考えているのだろうか？　神原喜代美は今日の料理を作る為に、昨日のうちからインターネットか何かで作り方を勉強していたのだろうか？

突然、神原喜代美の部屋の窓が開いた。神原喜代美はベランダに出て来て、こないだのようにオレの部屋を見だした。部屋というより、オレを見ているような気がする。オレは何も引け目を感じることはないのだが、目を逸らした。見ていない振りをした。暗くて顔はよく見えないが、何か言っているような気がする。短い言葉ではなくて、ずっと何かを言っているような気がする。念仏でも唱えているのだろうか？　ちょっと違うような気もする。

歌？

そう、何かリズムがあるような……。暗くてよくわからないし、全て想像だから、確信出来ることは何もない。オレは見たり、見なかったりしていたが、見た時には必ず何か口ずさんでいた。

オレは部屋に戻り、カーテンの隙間から神原喜代美を見てみた。神原喜代美はまだオレの部屋を見て、何かを口ずさんでいる。何をしているのだろう？　彼氏に料理を作らないのだろうか？　彼氏は何をしているのだろう？　神原喜代美の行動パターンが読めない。

カーテンの隙間から見ているが、オレが見ていることがバレているような気がして怖くなってきた。オレは一旦、窓から離れ、居間に座った。

考えることが多過ぎる。何をどこから考えればいいのだろう？　何かオレに呪いでもかけているのだろうか？　かけても構わないが、なぜオレの存在を認識しているのだろうか？　いや、そもそもオレのことを見ているのだろうか？　オレを見ているようにしか思えない。なぜなのだろう？

その時、ガタンと玄関の新聞受けから音がした。何かをねじ込んでいるようだ。オレはすぐに玄関に走った。穴から覗くと誰かが走って行った。

オレの部屋は2階の突き当たりにある。隣の部屋に対し、直角に位置するので、覗き穴から2階の廊下が全て見える。犯人はすぐに曲がったので、一瞬しかその姿を見ることが出来なかった。

そんなに大きな体ではなかった。フードをかぶっていたので、はっきりとはわからないが、恐らく男だと思う。神原喜代美の彼氏が着ていたコートではなかった。他の誰かという考えが妥当だろう。ストーカーなのだろうか？

オレが高井真郷を殺したように、誰かがオレの存在を知っていて、狙っているのかもしれない。だとすれば、オレも殺されるのだろうか？　オレがやったことを考えれば、可能性はゼロではない。やってやる。高井真郷の肉を食ったオレは、人を超えた生き物だ。やってやる。常時、スタンガンは手離せない。届くまで、何とか生き延びよう。

包丁を肌身離さず持ち歩かなければならない。家にいる時もだ。寝る時もだ。やられる前にやってやる。オレは頭に血が上ったのを感じ、「冷静になれ」と自分に言い聞かせた。

新聞受けから何かが落ちてきた。細かいものが、バラバラ足元に散らばっている。電気を点けていないから、よく見えなかった。振り返り、電気のスイッチを押した。


どういうことだろう？

目の前にあることが現実なのかよくわからなかった。目に飛び込んできたものが、情報として処理しきれなかった。

足元に20本以上の口紅が落ちている。

どういう思考回路で考えればいいのだろう？

足が震えるのがわかった。オレは口紅が入っていたであろう紙袋を手に取った。中に紙切れが入っていた。オレはそのメモを見て、さらに足が震えるのがわかった。目の前に白いモヤがかかり、脳が揺れたような気がした。

「そんなに口紅が欲しいのならあげます」

殴り書いたような汚い字だった。オレはその場に座り込み、気付いたら唸り声を出していた。何なんだ？　一体何なんだ？　どういうことだ？

オレは居間の窓に駆け寄り、カーテンの隙間から神原喜代美の部屋を見てみた。カーテンは開いているが、神原喜代美の姿はそこにはなかった。

………………!?

一体、どういうことなのだろう？

神原喜代美の姿を見ていないということは、神原喜代美の可能性もあるというのか？　時間的には来ることが出来る。来ることは出来るが、服装が全然違っていた。神原喜代美はフード付きのコートは持っていない。着替えてきたのだろうか？　それはなぜ？　錯乱させる為？　それもなぜ？　普通に考えれば別人だろう。しかし、それもなぜ？　口紅を入れている辺り、神原喜代美は関わっている。恐らく、神原喜代美の彼氏が動いている。神原喜代美がオレというストーカーに悩んでいて、そのことを彼氏に言い、ボディガードを買って出るならば話はわかる。しかし、それは何かあった時に彼女を守る受動的理由ならば理解出来るが、能動的にオレに攻撃をしてくる理屈がわからない。オレはよほど面倒なヤツと関わってしまったのだろうか？　それもストレートなやり方ではない。オレを捕まえて、「神原喜代美に近付くんじゃねぇ」と言ってくるならばわかる。手形を付けたり、部屋の中に忍び込んでみたり、口紅をねじ込んでみたりする気味の悪いやり方だ。なぜ？　そこに何の意図があるのだろう？　手間が掛かるだけじゃないのか？　なぜ？

神原喜代美にしてもそうだ。ゴミに「口紅を返してください」とメモを入れてみたり……今までオレが神原喜代美のことを見ていたのに、今では神原喜代美がオレのことを見ている。

玄関に行き、落ちている口紅の数を数えた。26本あった。尋常な数ではない。1本1本開けて見てみると、使っているものや新品のものがあった。

オレが言うのも何なのだが、まともな人間のやることじゃない。オレを震え上がらせて楽しんでいるのだろうか？　こんな面倒なことは、楽しまなければ出来ないだろう。

オレは命を狙われるのだろうか？　これからどんな展開になるのか全く読めない。それはそうだろう。目的がわからないからだ。オレが神原喜代美に何かをしなくても、きっと向こうから何かを仕掛けてくる。出来ればもう人を殺したくない。死体処理を考えると、途方もない気持ちになる。頼むから何もしてこないで欲しい。

予想はついていたが、玄関のドアには新たな手形が付いていた。合計4つ目であった。もういくつ増えても構わない。

1つだけ胸を撫で下ろしたことがあった。信じてはないが、お化けや幽霊の類いではなかったということだ。相手が人であるということがわかっただけで、少しは今後のことを考えることが出来る。これが霊であれば、何の手立てもない。人であるならば、相手が誰で、何の目的で、と探ることが出来る。

しかし、神原喜代美の彼氏と断定していいのだろうか？　確か神原喜代美の彼氏が部屋に来た時と、うちに手形を付けに来た時のコートが違った。彼氏はグレーのコートを着ていたはずだが、先程の男はフード付きの黒いコートだった。バレないように変装をしていたのだろうか？　それとも神原喜代美がオレの部屋を見ているのと関係がなく、また別にストーカーがいるのだろうか？

口紅のメモを考えると神原喜代美が関わっているとしか思えないが、どうやらまだオレの気付いていないことがいっぱいありそうだ。

攻防

次の日の朝、神原喜代美が会社に行く姿を確認した。そこには彼氏の姿がなかった。つまり、まだ神原喜代美の彼氏は部屋にいる。彼氏は部屋に入り浸るつもりだろうか？

今日のゴミはビン・缶なので、取ったところで情報が何も入って来ない。神原喜代美の部屋に入ることも出来ない。オレから何か動けることは何もなかった。

仕方なくオレはラバーカップを手に取り、詰まっているトイレの対処をすることにした。しかし、どこでどう詰まっているのかわからず、何の進歩もなかった。これだけやってウンともスンとも言わないならば、業者を呼んで直すしか方法はないと思った。思ったが、呼ぶことが出来ないので、仕方なく何の進歩も見込めないラバーカップを引き抜くという行為を繰り返した。

トイレが詰まっている間、公園や近くのコンビニのトイレに行っているが、それもそろそろ面倒臭くなってきた。ビニール袋に排泄するのは精神的に気が滅入るので、なるべくトイレに入ろうと思うが、それさえも面倒な時は、ビニール袋にして燃えるゴミの日に出して処理した。

トイレ詰まりの処理をしている間に、神原喜代美の彼氏が出て行っているかもしれない。時折、疲れた時に神原喜代美の部屋を見てみるが、何の動きもなかった。次の日もその次の日も朝、神原喜代美が会社に行く時に、彼氏が一緒にいることはなかった。やはり一緒に住みだしたのだろうか？　一緒に住むのだったら、引っ越しの車が来るはずだ。徐々に荷物を増やしていくのだろうか？　それともオレが見ていない間に帰ったのかもしれない。いずれにしても明日は燃えるゴミの日だから、何か情報が出てくるだろう。2、3日いるなら、彼氏の出すゴミもあるはずだ。今までの神原喜代美が出すゴミの傾向ではないものが出てきたら、それは彼氏のゴミである。彼氏が煙草を吸う人間ならば、煙草の空き箱が何箱分出てくるかで何日泊まっているのかわかるし、たとえば使っているなら避妊具や、それに関係するティッシュが出てくるだろう。もしかしたら、オレに対するメッセージの類いが入っているかもしれない。

オレは神原喜代美が帰って来るまでは、ラバーカップを手にトイレで格闘し、神原喜代美が帰って来たら、ゴミをいつ出すのか見張ることにした。

神原喜代美は6時半に家に帰り、10時過ぎにゴミを捨てに外に出て来た。特に変わった様子はなく、いつも通りゴミをボックスに捨てた。

すぐに行くと、「やっぱりアレは捨てない方がいいかもしれない」などと思い、戻って来る可能性があるので、しばらく時間を置いた。

40分過ぎ、人通りが少なくなったことを確認して、オレは神原喜代美のゴミを取りに行くことにした。ボックスの手前をカップルが歩いていたので、そのまま1回通り過ぎてやり過ごした。カップルが通り過ぎるのを確認して、オレは神原喜代美が捨てたであろう場所のゴミを手に取った。そこにはゴミが2つ捨ててあったので、オレはいつものように両方持ち帰ることにした。片方は何の意味もないゴミだが、間違えて神原喜代美のではないゴミを手に取って持ち帰っても二度手間なので、効率を考えるならば、両方調べ上げればいい。

部屋にゴミを持ち帰る途中、左足に激痛が走った。

最初、理解が出来なかった。急激な病気かと思った。オレはその場に倒れ込んだ。アスファルトに頬が触れると氷のように冷たかった。オレはヨダレを垂らした。

オレの脇をバットを持った男が通り過ぎた。その男は振り返ることはしなかった。急激な痛みに気を取られたが、服装だけはしっかり見た。この間のフードが付いているコートだった。しかし、覗き穴から見た男より大きいような気がした。オレは痛むところを手で押さえた。男は走り抜けて、小さくなっていった。左腿だけ、熱くなるのがわかる。打たれたところの脈が速い。心臓の鼓動も速くなり、気持ちが悪くなった。吐き気がするが、戻す程ではなかった。腿を打たれたから骨が折れていることはないと思うが、立てなかった。

誰かに見つかってはいけない。ゴミを取っている最中だし、警察や救急車を呼ばれても困る。オレは這って投げ出されたゴミのところまで行った。周りを見ると誰もいなかった。オレは急いで立ち上がろうとしたが、左足に力が入らなかった。ゴミを手に取り、ケンケンする形で起き上がるが、小さく飛び上がる度に左足に痛みが走った。急に立ち上がったせいで気持ちがさらに悪くなった。壁に寄り掛かり、ひと休みしようかと思ったが、そこで恐ろしい考えがよぎった。

もう一度、あの男が戻って来たら、どうしよう……。

この左足なら抵抗が出来ないだろう。頭を打たれたら、オレは死ぬ。そう考えると左足が少し動くようになった。歯を食いしばり、見上げると、違和感を覚えた。

神原喜代美の部屋が明るかった。神原喜代美のカーテンが開けられ、ベランダに神原喜代美が出て来ていた。

神原喜代美がこっちを見ていた。

……ずっと見ていたのだろうか？

神原喜代美は一体何をしているのだろう？　こないだみたいに何かを口ずさんでいる。神原喜代美はオレを見ている。その時ふと、今なら神原喜代美の部屋に彼氏はいないのではないかと思った。脅すには絶好のチャンスだと思ったが、そんな短時間で事が進むとは思えない。第一、バットでオレの腿を打った彼氏が1周して神原喜代美の部屋に戻って来たら、今度こそオレは殺される。神原喜代美が見ているのも構わず、オレは2つのゴミ袋を持って左足を引きずりながら、部屋に戻った。

玄関の鍵を開けようとした時、またしても違和感があった。例のあれだった。手形の数を数えてみる。

1つ……2つ、3つ……4つ……………5つ…………。

増えている。

いつの間に手形を付けたのだろう……。オレが神原喜代美のゴミを取りに外に出た時間は、1、2分……。その間に手形を付けて、オレの背後に回り、後ろからバットで殴りかかった。出来ないことはないが、最初から計画を立てていないと出来ることではない。

オレの行動が筒抜け？　オレがどのタイミングでゴミを取りに行くか把握されている？

とにかく部屋に入ることにした。外にいると危ない。何をされるかわからない。

痙攣する左足を宙に浮かせながら、ドアを開けようとした。オレは震える手で無理矢理、鍵をねじ込んで中に入った。またしても、そこで恐ろしい考えがよぎった。

鍵を持たれている可能性がある。

以前、風呂場のドアが開けられていた。オレは咄嗟にチェーンを掛けた。今までチェーンをしたことなどなかったが、こうすれば鍵を開けられても少しは時間が稼げる。これから対策を考えなければならない。オレは生まれて初めて、死を意識した。

〝手形が付いているということは…〟と思い、すぐに新聞受けを開けて覗いてみた。何も入っていなかった。

ただ手形を付けに来るとはどういう意図なんだろう？

オレを震え上がらせて楽しんでいる……。恐らく、これからもオレは何かしらの被害に遭う。

そういえば、スタンガンはどうなった？　注文してから3日は経つ。もうそろそろ届いてもいいはずだ。インターネットで確認しようと思ったが、まずドアのチェーン以外の対策が先だと思い、パニックになった。

オレはゴミ袋を投げ、痛む左足を押さえながら思考を巡らせた。

チェーンをペンチで切ってくるかもしれない。来た時は、音で誰かが侵入してこようとしていることに気付くだろう。だとしたら、中に入った手を包丁で刺せば、戦意が喪失するだろうか。下駄箱の上に、すぐ使えるように包丁を置いておくことで、この問題は解決したことにしよう。そう考えなければ話が進まない。スタンガンが届き、最大電流に設定すれば気絶させることくらいは出来るだろう。そうすれば、部屋に連れ込み、縛り上げて、全てを吐かせればいい。

問題は、なぜオレの行動が筒抜けなのかということだ。何かしらオレの部屋に仕掛けがあるのかもしれない。カメラ、盗聴器の部類のものがないか調べることにした。

テレビの裏に見たことのないコンセントが差さっていないか？　固定電話の回線は前と同じか？　部屋に死角はないか？　あるならばそこに何もないか？　冷蔵庫の裏は何もないか？　クーラーにも取り付けられると聞く。パソコンが一番怪しいが、見たところ変わりない。調べていると「以前からこんなのだったっけ」と自信が持てなくなってくる。全てが疑わしい。コタツの中は？　しばらく着ていない洋服のポケットは？　下駄箱は？　流しの下は？　風呂場は？　トイレの水タンクは？　探したが、それらの場所には何もなかった。

考え過ぎなのかもしれないが、そのくらい警戒してもいいだろう。

点検の流れで、神原喜代美がまだ見ているか、カーテンの隙間から覗いてみたが、もうすでに部屋の中に入っていた。

盗聴器、監視カメラがなければ、どうやってオレの行動を読んでいるのだろうか？　ずっとオレが出て来るまでどこかで待機しているのだろうか？　そう考える他、見当が付かなかった。どこか部屋の外でオレが出て来ないかと、ずっとオレの部屋を見ているヤツがいる……。

オレが神原喜代美にしていたことと同じだ。楽しんでやらなければ出来ないだろう。金を貰ってやったとしても辛いはずだ。

だとしたらオレは今後、一切外に出ない。そして、オレは部屋の中で身を守ることにする。

パソコンでスタンガンを買ったページを開き、「発送が遅い」と苦情を入れておこう。急がせれば明日にでも発送するだろう。オレは取引連絡の欄をクリックした。

連絡は来ていた。

昨日、発送している……。

だとすると、今日届いてもいいはずだが、何かの都合で遅れているのだろうか？明日まで待ってみよう。それからまた連絡すればいいと思い、パソコンの電源を落とした。

1つ1つ解決していこう。

オレはゴミボックスから取って来たゴミ袋を開けた。最初に手に取ったゴミは名前の情報が何も入っていないゴミだったが、恐らく102号室の男の出したゴミだろう。吸っている煙草がマルボロのメンソールだった。ゴミの出し方も今までと似ている。しかし万が一、神原喜代美の彼氏もマルボロを吸っているかもしれないから、可能性を全て捨てる訳にはいかない。とりあえずは一旦、そのゴミは違うところに避けた。

もう1つのゴミを見てみることにした。彼氏が捨てたであろうゴミらしきものは、何も出て来なかった。煙草も吸わなければ、コンビニか何かで酒のつまみらしきものも買っていなかった。神原喜代美しか生活していないかのようであった。ただ、いつもよりティッシュペーパーの量が多いから、２人いるとも考えられる。洗剤の詰め替え用の袋があったり、使い終わったサラダ油の空き容器を燃えるゴミとして出している。ティッシュペーパーの量が多いので、袋の中から出さないと下の方まで探れない。袋からゴミをひっくり返してみた。

ティッシュペーパーの箱を切り開くと、裏に文字が書いてあった。

オレは何かメッセージが出て来るのではないかと、どこかで思っていた。

メッセージの意味が理解出来なかった。

籠目の中

「手形が５つになりました。あなたは鬼です。そこが籠目の中です。もっとも人を食べた時点であなたは鬼となりましたが…」

何を言っているのか、さっぱりわからなかった。狂っているとしか思えなかった。あまりにも理解が不能なので、オレに宛てているメッセージとは思えなかった。しかし、ドアに付けられている手形の数から言えば、オレに宛てている文章だろう。

あまりにも突拍子のない文章なので、逆に恐怖感はなかった。

オレが鬼？　鬼になった？　人の肉？　高井真郷のこと？

鬼という言葉は決して良い意味で使われる言葉ではないだろう。どちらかと言うと、恐怖の象徴のような気がする。オレを恐怖の象徴にしてどうするつもりだろうか？　あと考えられるのは、鬼ごっこなどの遊びで追いかける役割の人だ。オレが追いかける？　いや、どちらかと言うと、バットで殴られ、追いかけられているのはオレの方だ。

かご…も…く…と読むのだろうか？　カゴモクとは一体何だろう？

ネットで調べてみた。会社の名前や誰かがやっているブログに含まれるタイトルくらいしか、めぼしいものはなかった。その会社のホームページやそれらのブログを覗いてみたが、これという収穫はなかった。特にブログは神原喜代美が偽名でやっているのかもしれないと思い、何ページにもわたり読んでみたが、どうやら学生らしき人がやっているようであった。

意外と「籠目」という単語を使っている人は多い。籠目という単語が含まれていれば、そのページをチェックしてみたが、特に有力な情報はなかった。「籠目からとうもろこしがはみ出ていた」とか「籠目というアーティストが素晴らしい」だとか、今のオレには無縁のことばかり書いてあった。

そもそも籠目とは一体何のことだろうと思い、Wikipediaで調べてみた。「籠目」で出てきた。竹で編んだ籠の網目のことだという。読み方を間違えていただけで、大体予想していたのとそう違いはなかった。

「カゴメ」と読むらしい。

基本となるのは6つ目編み、4つ目編み、ござ目編み、綱代編みなどがあり、異なる太さのひごを駆使した波網代や麻の葉編み、松葉編み、やたら編みといった装飾的な特徴を高めたものなどがあるらしい。

オレは次の1文に注目した。

「籠目を模した連続の文様は魔除けの効果があると言われている」

メッセージには「そこが籠目の中です」と書いてあった。意味のわからない文章を無理矢理解釈するならば、「そこ」＝オレの家、「籠目の中」＝魔除け＝手を出さない＝安全、ということではないだろうか？　つまり外に出なければ手を出さないということではないだろうか？　まさかWikipediaにヒントが落ちていると思わなかった。

部屋には入られたが、取り立てて被害はない。高井真郷の死体を見られたとしても、警察に言われた訳ではない。逆を考えれば、外に出ればさっきみたいにバットで殴られたりするのだろうか？

とりあえず、外に出なければ問題ない。ないとしよう。そう考えなければ、いろいろなことが起こりすぎてパニックになってしまう。

オレは思いっきり伸びをした。気がゆるんだせいで、左腿の痛みが急に強くなった。ジンジンと左腿自体に心臓があるみたいに動く。それでもオレは病院に行けなかった。

仮に病院に行って原因を聞かれても、本当のことが言えない。嘘をついたとしても、医者に勝手に暴行事件として警察に言われたらオレが困る。転んだり、階段から落ちたとしても、左腿だけを打つなんて不自然な怪我の仕方だ。「彼女との痴話ゲンカでモップで叩かれただけだから、警察はやめてくれ」と言えば、何とか医者は誤魔化せるだろうが、籠目の解釈がわかった今、外に出る勇気もない。

……ということは、オレは一生外に出られないのだろうか？　オレはここで一生を過ごすのだろうか？　どこまでオレを監視するのだろうか？　1年後もオレを見張っているのだろうか？　神原喜代美と関わってから疑問ばかり浮かんでくる。それは追いかけられてからだけでなく、オレが神原喜代美のストーカーとして生まれ変わってから、神原喜代美の生活を探る度に、疑問が浮かんでは自分なりの答えを出している。

貯金はあと120万円ある。以前は広告代理店に勤めており、一部歩合制だったから、380万円まで貯めたことがある。しかし、神原喜代美を追いかけるようになり、引っ越しやら、電車賃やらで減る一方だった。これがなくなったらどうすればいいのだろうか？　何か家で出来る仕事を見つけるしかない。先のことを考えると気が滅入った。

オレは横になった。何気なく、ふッと……本当に、何気なくだった。クーラーの、室外機に、繋がる、排水の、パイプを、固めている、粘土状の、ところに、黒い、見たことが、ない、ものが、埋まっていた……。オレは恐る恐る、そこに近付き、それが何かと見てみた。抜き取ってみた。

小型のカメラだった。

線が繋がっていないから、恐らく電波を飛ばす類いのものだろうと思える。オレは身震いした。いつから付いていた？　だからオレの行動が筒抜けだったのかと妙に納得したが、これだけとも思えなかった。電波を飛ばすものであれば、そんなに遠くまでデータが届くはずもないと考えたが、何せオレは今まで盗撮などしたことがない。全く見当が付かなかった。

カメラが何台あるとかの問題ではなくて、これから何が起こるのかわからない恐怖に震えた。カメラだけではないかもしれない。とりあえず、カメラを思いっきり踏み付けた。壊れたのかわからないので、オレはペンチを持って来て、潰した。

外に出ては身の安全が確保されないが、何があるかわからないここよりはマシだと思い、引っ越しをしようと決意した。もうここにはいられない。オレが追っていた神原喜代美はここにはいないと思った。まさか、引っ越し屋と一緒にいる時に襲っては来ないだろう。情報が漏れないように引っ越しをしたとして……いや、万が一、次の引っ越し先がバレたとして、さらに神原喜代美に今後一切何もしなかったとして……そこで何かしらの攻撃をしてくるだろうか？

この近くではダメだ。本州から出る覚悟で引っ越しをしなければならない。まさか、そこまではオレのことを追って来ないだろう。そこまで追ってくるなら、理由が必要だ。愉快犯には出来ない。引っ越し先で愉快犯かどうかを判断してもいいだろう。

本州を抜け出すだけだと甘いか？　オレは高井真郷を殺している。引っ越したあとに、不動産屋がパイプを直して、高井真郷の肉片を発見するかもしれない。行方をくらまさなければならない。オレは高井真郷の殺人の件と神原喜代美周辺の人間に追われる2つの問題を抱えている。

海外に出ることも1つの手だ。引っ越したその日に海外に出れば、捕まりようがない。日本とは関係が薄くて、治安が整備されていない土地なら、海外の警察はオレのことを探すところまで手が回らないはずだ。……パスポートを取らなくてはならない。確かパスポートを取るのに2、3週間掛かる。そこまで待てるか？　バットで殴りかかってくるヤツだ。きっと近いうちにまた何か仕掛けてくるに違いない。

地方都市に行って、ホームレスというのはどうだろう？　身元がわからないから、警察の目からはしばらく逃れられるかもしれない。歯を全て抜けば顔の形が変わるとも聞いている。しかし、あとをつけられれば終わりだ。そこまでするのか？

どちらにせよ、家は必要だ。新しいところに移って、すぐうちの鍵を手に入れることは難しいだろう。しかし、次に家を借りるのに、ホームレスだったヤツに家を貸す訳がない。ホームレスは最終手段だ。何にせよ、逃げるには資金が必要だろう。

とにかく金だ。金を確保しよう。家にまとまった金を置いている。さっき壊したカメラ以外にもカメラがあるかもしれないが、手際よく服の中に金を入れれば問題ないだろうと、襖《ふすま》の中のカラーボックスの奥から、金の入っている封筒を取り出そうとした。


……ない。

……何かの間違いだろ？

何でない？

ないことないだろ？

嘘だろ？

オレは出歩くのが煩わしいので、なるべく家に金を置くようにしていた。ある程度、財布にまとまった金を入れておいて、なくなったら補充していた。オレはこの場所から動かさない。どこかに置き忘れることなどない。

やられている。

いつだろう？

考えられるのは、風呂場のドアが開いていた時。その時か？　相手は鍵を持っている。その時でないかもしれないが、いつ盗られたかは問題ではなかった。少ないながらも、銀行にも多少蓄えはある。しかし、それも家賃などを含めたら2カ月も持たないだろう……。

当たり前だが、警察に届けられる訳がない。多分、あいつらはそれを見越している。法を犯している人間には、何をしてもいいだろうと言われているような気がした。それよりも、引っ越しが出来ない現実をどう捉えればいいのだろうか？

オレはここから出られない。

この部屋から一生出られないのだろうか？　安全なのは籠目の中のここしかない。

オレは金がなくなったら、ゆっくり餓死していくのだろうか？　次はその作戦でオレをいたぶるつもりだ。どうすればいい？

何をどう考えても、家の外に出られないことに変わりはない……。

実態

次の日もスタンガンは届かなかった。

一体どうなっているんだろう？　ただの偶然で発送が遅れているのか、神原喜代美関連の嫌がらせを受けているのか、わからなかった。

取引連絡のページを見ても「発送した」としか書いていなかった。そろそろ到着していないとおかしい。

殴られた足が痛む。その痛みに腹立たしさが混じった。オレはホームページに書いてある番号に電話をした。電話の男の声は若そうだった。

「えっと……17日に発送してますね…」

「いや、オレが聞いているのは、いつ届くかってことですよ！」

「と言われましても……配送業者の方に何かトラブルがあったのかもしれません……。えっと、では……お手数ですが、今、メモのご用意はございますか？」

「メモ？　何でオレが手間を取らなきゃならないんだよ、そっちのミスだろ!?」

「ご本人の確認が一番安心出来て、尚且つ早いと思われますので、申し訳ございい……」

「わかったよ！　早く言えよ」

「ではですね、配送業者は○○宅配便です。追跡番号は９２１９—６８０７—53……」

「これでここに電話して、この番号を言えばいいんだな？」

「さようでございます。この度はご迷惑をお掛けして申し訳ございませんでした」

オレは返事をせず、電話を切った。珍しく声を荒らげてしまった。なるべくなら人に覚えられたくない人間なので、目立たなく生きてきたが、スタンガンが手元にあるかないかで、オレの生存率が変わってくるかと思うと、声を荒らげざるを得なかった。その一方、これではヤツらのペースにはまっているとも思った。

オレはすぐにその配送業者のホームページにいった。【追跡を見る】という項目があったが、オレは直接電話をした。電話の声は中年の女を思わせた。荷物が届いていないことを伝えると、追跡番号を言ってくれと言われた。言われるがままに番号を伝え、少し経つと女は明らかに戸惑った。電話口からパソコンのキーを叩く音が聞こえる。

「えっと……お届け完了していますね…」

「じゃ何でオレの手元にないんだよ？」

「そうですか……。こちらとしましても……では受け取りのサインがあるかどうか確認しますので、しばらくお時間を頂きたいのですが…」

「そんなのはお前が何とでも言えるだろ！　サインがなくても『ある』って言えば電話だからわからないだろ？」

「ではいかが致せば…」

「持って来い!!　オレが本当にサインしたかどうか、この目で確認してやるから!!」

「少々お待ちください。上の者に確認します」

「いいよ！　時間の無駄だ!!　何だ、その追跡？　番号？　っていうのか？　それがわかってるならオレの番号も住所もわかってるだろ!! 持って来いよ!!」

オレは固定電話の受話器を激しく叩き付けた。

オレは狂ってはない。次から次へといろんなことが起こるから、訳のわからないうちに受け取って忘れているなんて、そんな馬鹿げた話はない。

オレは正常だ!! オレが書いたと言っているサインとやらを、この目で見てやる!

自分の置かれている立場をもう一度、振り返ってみた。整理整頓をして、1つ1つの問題点を洗いざらいにしようと思った。

まず金がなくなってる。これ以上探しても無駄だろう。金の置き場所はどこにも動かしていない。なくなってしまったものをいつまでも追いかけても仕方がない。他の人だったら絶対に諦められない金額だろうが、オレは諦める。なぜなら、警察に言えない。警察の世話になったことがないので、どこまで聞かれ、どういう風に調べられるのかわからない。とにかく関わらない方がいい。

問題は、どのくらいまで金が持つかだけだ。持っている間に、家から出ずに金を稼ぐ方法を考えなければならない。

外に出れば、籠目から出てしまう。こないだみたいにオレはバットで殴られるのだろう。バットじゃないかもしれない。もっとオレの予想を上回る攻撃をしてくるかもしれない。何をしてくるかわからない。

そして、神原喜代美を監禁する為に購入したスタンガンは今、オレを守る唯一の術だ。しかし、その護身用のスタンガンが届かない。しかも業者は送ったと言い、配送業者も届けたと言う。サインしたヤツの筆跡を見てやる。神原喜代美は今夜もオレの部屋を見るのだろうか？

なぜ？　何の為に？

一連の中心人物であると思われるが、彼女の目的や、これから何をしてくるのかが全く読めない。トイレのパイプに詰まっている高井真郷の肉片を流すまでは、誰にも助けを求められない。〝誰にも〟と言っても警察くらいにしか助けを求められないが……。警察に駆け込めるように自分の環境を整えなければならない。いや、ダメだ。警察に駆け込んで犯人が捕まったとしても、オレの高井真郷殺しをその犯人が警察に言うかもしれない。多分、言うだろう。オレは永遠に警察を頼りにすることは出来ない。

明らかに混乱している。警察に助けを求めようとしていた。外にも出られない、金はない、情報を握られている、高井真郷の肉片はまだ家にある……。

どうやってこのループから逃れようか、考えに考え抜いた。策は何も出てこなかった。しかし、答えは出さなければならない。出さないと、オレは怯えながら生活をし、いたぶられ続けるか餓死するかだ。自殺か他殺どちらかを選べと言われても、選びようがない。策はないかと考え続けた。

突然、ベランダで物音がした。

オレの心臓は破裂しそうなくらい、激しく動いた。急激な鼓動だったので、吐き気をもよおした。目の前が貧血を起こしたみたいに真っ白になった。

確かめた方がいいのか？　確かめた方がいいだろう。

どうする？　どうすればいい？　どういう行動を取れば正解なんだ？

正解なんてわからないが、正解しないと死んでしまうかもしれない。

靴音がした。ザッザッと言っている。スニーカーのようなものを履いているのか。

明らかに、人が、い…る…。

気付かれないようにしている気配はない。カーテン越しに人がいるのが気配でわかる。

手ぶらでカーテンは開けられない。

腰を抜かして思うように立てない。右手、右足、左手、左足がうまく連動しない。殴られた左足の痛みはない。オレは床でバタバタしている。オレはそれでも左手を床に付け、それを軸に立ち上がって玄関に向かい、包丁を取りに行った。

唇が震えているのがわかった。両足にも力が入らない。包丁を持っている手も、しっかりしないと床に落としてしまう。オレは震える手に力を込めて、1歩1歩カーテンに近付いた。

その1歩1歩が死に近付いているようで、その恐怖感は今まで味わったことのない苦痛だった。

5秒先がわからない……。

普通に生活していれば大体5秒先はわかる。そんな急激な変化なんてあり得ない。

そんなことを意識して生きている人間なんて、ほとんどいない。

カーテンの前に着いた。大きく息を吸って覚悟を決めた。少しでも相手を脅かそうと、一気にカーテンを開けた。

驚いたのはオレだった。

その驚きでオレは尻餅を付いて、大声を上げた。ホラー映画やお化け屋敷のような驚き方をした。

「うわぁ……あぁ……う……あぁ……ぁぁ」

オレは大声を上げたまま、唸り声が漏れているのにあとから気付いた。腰を抜かしたまま、床を這いながら、手足をバタつかせながら窓から離れた。

男が立っていた。

デザインに特徴があるからすぐわかった。サイドがブルーのスタンガン。オレが注文していたスタンガンと同じ型のものだった。たまたま同じものなのか、オレの注文したスタンガンを横取りしたのかわからないが、そのスタンガンをオレに見せつけているようであった。スイッチを入れたり切ったりしている。

男の体はがっちりしていて、ダウンジャケットを着ている。大きいサングラスとマスクをし、帽子をかぶっている。

挑戦的な立ち方だった。男は窓に手を掛け、鍵を開けようとしているのか、窓ガラスを揺らす。

「籠目の中のルールは守られるのだろうか？」と頭をよぎったが、それが本当に適用されるのか不安になった。

腰を抜かしたオレの負けだった。オレは確かに包丁を持っているが、震えるオレの右手をオレ自身が信用することが出来なかった。窓ガラスを揺らし続け、もし鍵を外すことが出来て、部屋の中に入って来られたとしたら、男はオレにスタンガンを突き付けるだろう。そうなると、そのあとオレは何をされるかわからない。高井真郷のように滅多刺しにされ、細かく細かく切り刻まれ、トイレに流し込まれて跡形もなくなってしまうのかもしれない。内鍵を信用するしかなかった。

男は何の動揺も見せない。揺すれば鍵が開くと信用しきっている。

オレは何にも出来なかった。震えるだけだった。心の中で許しを乞う。

時折、スタンガンにスイッチを入れていることがわかる。

窓ガラスを揺らす速度を男は速めた。

音がガタガタと鳴り続けているのか、オレの頭の中でループしているのか、わからなかった。

正当

その音でよくわからなかったが、男は何か言っていた。いや、言っているのではなく、歌を歌っていた。

『かごめかごめ』だった。

男は狂っていた。なぜこのタイミングで歌を歌うのだろう？　オレは吐き気が止まらなかった。男は窓ガラスを割ろうとしているのか、拳を作って殴っている。

外に出ていいのかどうか、判断がつかなかった。外に出るとバットで殴られるかもしれないという恐怖感が、その判断を迷わせた。しかし、そんなに迷っている時間はなかった。高井真郷のようになるくらいなら、バットで殴られた方がマシだ!!

立ち上がろうとした時、呼び出しのチャイムが鳴った。どういうことだ？　オレの家に誰が来る？

すぐさまドアを叩く音がする。ベランダにいるヤツが全てではないのか？　他に仲間がいるのか？

さらにドアを叩く音がする。

ベランダの男もガラスを殴ったり、揺らしたりして、何とか鍵を開けようとしている。挟み撃ちだ！　オレの逃げ場はどこだ？

「すみませーん！　宅配便の者でーす！」

全身の力が抜けた。しかし、まだ安堵感に包まれるのは早いと思い、力が入るように集中した。オレは這うように玄関に駆け寄った。包丁も離さず持って行った。覗き穴から確認すると、よく見る制服の配送業者だった。

「伝票をお持ちしました」

すっかり忘れていた。すぐにチェーンを外し鍵を開け、配送業者の人にしがみ付いた。

「伝票を……え？　あああああぁぁぁぁ……あぁ…ぁぁ」

配送業者は顔を歪ませて叫んでいた。こいつが大声を出すことがオレにとって良いことなのか、悪いことなのか、わからなかった。オレは苛立った。しかし、こいつの気持ちもわかる。荷物が届いてないから伝票を持って来いとクレームをつけられ、行ってみたら、包丁を持って現れるのだから、それは悲鳴に近い唸り声を上げるに決まっている。

「助けてくれ!!　殺される！　オレ殺されるんだよ!!」

「いや、ぁぁ……ぁぁ……ぁぁ…」

「落ち着けよ！　頼むよ!!　何とかしてくれよ！」

配送業者は慣れない手付きでオレの腿を力いっぱい殴って逃げようとした。さっきまで痛みを忘れていたとはいえ、バットで殴られた傷はまだ癒えていなかった。体に電流が走った。しかしそれでも、オレは配送業者に抱き付き、離さなかった。

「落ち着けって、オレの話を聞け！」

「あぁ……ぁぁ……ぁぁ……ぁぁ」

オレは配送業者に平手を打った。

「助けてぇぇえ」

「聞け！　それはオレのセリフだ！」

配送業者はまだ唸り声を上げているが、オレは構わず説明をした。20代半ばくらいだろうか？　こんな経験もないだろう。配送業者が慌てるから、オレも焦って上手く喋れない。

「伝票、伝票……出せ！　出せよ!!」

「出します、出しますから、やめてください！」

配送業者は手が震えていた。震える手の中から1枚の伝票を出してきた。震える手から震える手に渡された。

やはり、オレの字ではなかった。誰かが書いた字であった。わざとかどうかわからないが、ぐにゃぐにゃとした字でオレの名前が書いてあった。いや、そんなことはどうでも良かった。オレは配送業者の手を引っ張り、中に入れと言った。

「いやあぁ……あぁ、助けてください、お願いします」

「オレのセリフだ、助けてくれ！　殺人犯がオレを殺そうとしてるんだ!!」

その言葉には配送業者は敏感に反応した。この流れで出てきた〝殺人犯〟という単語とオレの取った行動が一致したのだろう。

「こ、殺される、のですか？」

「あんたがいなかったら、オレはすぐに殺されると思う」

「僕は、一体、どうすればいいのですか？」

「オレの側にいるだけでいいよ」

「いや、警察！　警察にお願いしましょう！」

「絶対ダメだ!!」

配送業者は大声を出されて怯えた。

「いや、警察は殺されてからじゃないと動いてくれないんだ」

オレは無茶苦茶な理由を言った。しかしなぜか配送業者は納得した。

オレが先頭に立ち、配送業者は後ろからついてきた。何があるかわからないので、ゆっくりと1歩ずつ、何もないことを確認して中に進んだ。居間に着き、ベランダを確認すると誰もいなかった。

「……誰もいないですね…」

オレは配送業者の言うことに反応せず、窓まで行って、ベランダ全体を見渡した。

誰もいなかった。

オレの家は2階だが、1階のブロック塀を登れば、うちのベランダの手すりに手を掛けられる。うちに侵入するのは簡単だ。配送業者は明らかに1回、嘔吐《えず》いた。

「あの……僕はこれで…」

「本当にいたんだよ！　嘘じゃないんだ！」

「はい、信じます。信じますが、今はいませんね……。じゃ、僕はこれで…」

オレは配送業者の腕を掴んだ。

「ちょっと待ってくれよ！　泊まっていけよ!!　飯出すからさ!!」

「困ります！　離してください!!」

配送業者は死にもの狂いだった。

「頼むよ！　なぁ頼むよ!!」

配送業者はオレの腕を振り払い、オレを突き飛ばし逃げて行った。


オレはしばらく、その場から動けなかった。

これからオレはどうなるんだろう？

スタンガンが届かないはずだ。ベランダに来ていたヤツがオレの振りをして受け取っているのだから、オレの手元に来るわけがない。

どうやって受け取ったのだろうか？　オレの部屋の前にずっといたのだろうか？

そう考えるとゾッとする。

　オレは慌てて玄関のドアを閉めに行った。鍵を閉めてチェーンを掛けた。こんなチェーン1つで身を守りきれるのだろうか？　ベランダに侵入してくるということは、カーテンを開けっ放しにしておいた方がいいのだろうか？　侵入してきたらすぐにわかる。入って来ようとした時に、包丁で刺せばいい。しかし、開けっ放しだと、向こうからもこちらの動きが丸わかりだ。部屋の中にいるかどうか一目瞭然だ。一旦、カーテンを閉めようと思い、窓の方に行き、何気なく神原喜代美の部屋を見てみると、神原喜代美が部屋に入るところだった。やはりカーテンを開けっ放しだと不利だ。体の疲れが急にどっときた。

　眠るのが恐い……。目をつぶるのが恐い。目をつぶり、次に開けた瞬間、目の前に誰かがいたらどうしよう？

　一体、オレを襲っているのは誰なんだ？　神原喜代美がストーカーに困り、彼氏に相談したとしても、ここまでするだろうか？

　突然、オレは我に返り、ある考えがよぎった。神原喜代美がベランダに出てくる時に、何か起こることが多い。つまり、こちらから神原喜代美の部屋をずっと見ていて、神原喜代美がベランダに出て来た瞬間に身構えればいいのではないかと思った。だとしたら、カーテンは開けっ放しの方がいい。向こうを見続けていれば、準備は出来る。

神原喜代美も仕事をしている。そんなに遅くまで起きている訳にはいかない。神原喜代美の就寝を見届ければ、オレも寝られる。そして、神原喜代美が起きる前に起きればいい。そう、元々はオレがストーカーなのだ。追われるより追う人間だ。オレはすぐにカーテンを開け、神原喜代美の部屋を眺めることにした。

神原喜代美は12時半に部屋の電気を消した。今日はこれ以上、動きはなさそうだ。1日の区切りがあることが、こんなにも安心するなんて初めて知った。

神原喜代美の家の室外給湯器の音が鳴るのは大体7時15分だ。湯気でわかる。ということは、7時に起きれば大丈夫だろう。それに神原喜代美もOLならば、朝オレに構っている時間もないだろう。

明日、オレが攻撃出来ることはないだろうか？　ただただ、向こうがしてくることに対して、受け身でいることしか出来ないのか？　オレは神原喜代美を追うようになってから、疑問ばかり増える。自分で疑問を投げ掛けて、自分で答えらしきものを得る。合っているかどうかはわからないが、世の中そんなものだろうと思う。誰も答えなんてくれない。そんなことを考えているうちに、オレは床でそのまま寝てしまった。


携帯電話のアラームを掛けておいて良かった。

部屋がこんなに冷えているのに起きなかったとは、よっぽど体が疲れていたのかもしれない。起き上がると、腰が痛かった。畳の上に6時間以上いたのだから、当然と言えば当然だった。殴られた足もまだ痛かった。

神原喜代美はいつも通り起き、いつも通り出勤した。今では、オレは神原喜代美に怨みさえあった。呪い殺せるものなら殺したいとも思った。神原喜代美の彼氏は昨日、俺の家のベランダに来た。昨日の今日ならば、神原喜代美の彼氏は神原喜代美の部屋にいて間違いないだろう。神原喜代美の彼氏はオレのスタンガンを持っている。オレの武器と言えば包丁1本だった。神原喜代美の部屋の鍵は持っているが、乗り込んで神原喜代美の彼氏とやり合う気にはなれなかった。もしかすると、突然押し掛けて、準備をしていない神原喜代美の彼氏に包丁を立てれば、勝機はあるかもしれないが、神原喜代美の彼氏もベランダに乗り込んで来る程の人間だ。正気の沙汰ではない。万が一のことがあったら、困るのはオレだ。しかし、自分の中で違和感を覚える。それが何かはわからない。何か掴めそうな気がするが、しかしその糸口の掴み方、探し方がわからない。1つ1つの出来事を思い出し、再考し、余分なものをはじき、絞り出せば、その残渣《ざんさ》に何か答えがあるかもしれないが、思考がまとまらない。すぐ散る。

ただ、神原喜代美がベランダに出て来るまでは何も起こらない。今のうちに寝ておくのも1つの作戦だ。

神原喜代美が仕事に行っている間には襲って来ないだろう。

疲れた体を癒すには、もう少しの睡眠が必要だ。オレは布団で寝ることにした。寝る前、急に高井真郷の肉片を食べたことを思い出した。吐き気が再び襲いかかってきたが、なるべく考えないようにして、眠ることに集中した。

深く深く眠った。

目覚めたのは、日が暮れてからだった。

神原喜代美が帰ってくる時間にアラームを掛けていたが、それまで一度も起きなかった。神原喜代美はいつも通りの時間に帰って来た。

今日は何が起きるのだろう？　何か起こると思っている時程、意外と何も起こらないものだ。要は、神原喜代美がベランダに出て来る時だけ気を付ければいい。手持ちの金が限られているから、暖房は付けなかった。なるべく金は使わない方が得策だ。長期戦になり、金が尽きればオレは飢え死にする。オレは毛布にくるまり、神原喜代美の部屋を見続けた。電気も点けなかった。向こうにこちらの動きがわからないようにする為だった。

電気を消して外を眺めると、空に星が光っているのが見えた。寒い夜なのか、今までの人生で見た星の中で一番輝いていた。数年振りに星を見たような気がする。特にここ1年は、神原喜代美ばかり見てきた。他のものは何も見てこなかった。風で電線が揺れているのがわかる。電線が揺れるということは、そこそこ強い風が吹いているのだろう。

オレにも他の人生があったのだろうか？　もし何かの形で神原喜代美と出会い、仮に恋をし、結婚して家庭を築いたら、今のオレのように惨めな気持ちになることはなかったのだろうか？　そんな人生の選択がオレにもあったのだろうか？　あるとするなら、やり直したい……。真っ当な人生、普通の人が普通に暮らす生活をしてみたい。今のこのオレにも、重要な選択を迫られる場面が来るのだろうか？何かを選択する余地がオレにもまだ残っているのだろうか？　あるとすれば、オレはその時、どんな選択をするのだろう？　ＹＥＳかＮＯかで人生が大きく変わることがあるのだろうか？

真っ当な人生？

クックックックックックッ……。

確かに、人生は変わっていたかもしれない。ただ真っ当な人生は無理だ！　もし万が一、仮の仮に、神原喜代美と恋に落ちて付き合ったとしても、オレはバットを握っている。スタンガンを手にしている。ちょうど神原喜代美の今の彼氏みたいに誰かを追っている。今のオレみたいなヤツを追い詰めているのかもしれない。それが高井真郷かもしれないし、他の誰かかもしれない。オレを追い詰めているこのやり方は、過去何度かやっているはずだ。

真っ当な人生？

クックッ……。神原喜代美が真っ当でないのに、真っ当な人生なんて無理だ！

何を感傷に浸……。


今、玄関で何か物音がしなかったか？

オレは神原喜代美の部屋を見た。神原喜代美はベランダに出ていなかった。

オレは急いで玄関に駆け寄る。覗き穴から覗いてみた。黒いニット帽にサングラス、マスクをかぶった男が新聞受けに何かを入れた。

対峙

急いで玄関に駆け寄ったせいでオレの足音が聞こえたのか、男は急いで背を向けて逃げ出した。

オレは咄嗟に鍵を開けて、包丁を手に取り、男を追った。確かに部屋の中は、籠目の中かもしれない。男がどれ程危険な人物かわかっていないのも確かだ。ただのヤケクソかもしれない。ただ、このまま訳のわからない選択をしたせいで死んだとしても、向こうの思うままに殺されるのはご免だった。

しっかり靴が履けていなかった。オレは必死にそいつを追いかけた。思ったより大きな人間ではなかった。向こうの武器さえ奪い取れば、取っ組み合いで何とかなるかもしれない。男は1階の集合玄関の扉を開けなくてはならない。そこでだいぶ距離が縮まった。足もそんなに速くはなかった。全身全霊の力を出せば追い付けそうだった。

家から100メートル程離れたところで、そいつはコートのポケットに手を入れた。何かしら武器を出すのだろう。しっかりと武器を持たれてからだと、オレが不利になる。オレはそいつに飛びかかり、そいつの首元に腕を回すと、体勢を崩して倒れ込んだ。

アスファルトにオレとそいつは転がった。オレは膝をこすったが、全く痛くはなかった。打たれた左足も、興奮しているせいで痛みを感じなかった。そいつの手元からスタンガンがこぼれ落ちた。スタンガンは2メートル程転がり、倒れ込んでいるそいつの手の届かないところに行った。オレもオレで、飛びかかる時に自分に刺さってはいけないと思い、包丁を捨てていた。「イテェ…」とうつ伏せになって呟いているそいつの上に乗っかり、両腕を取り、首に左腕を回した。

「テメェは一体何なんだ？」

オレは悪意を込めて耳元で囁くように言った。そいつは何も答えなかった。

「オイ、答えろ…」

「…………………」

「お前は誰だ？　答えろ!!」

オレは近辺住人のことを気にしたが、思わず叫んでしまった。オレはそいつのニット帽とサングラスを取りたかったが、両腕が塞がっていたので、それは無理だった。

「……ヘッヘッ」

「何がおかしい？」

度は叫ばないように小声で言った。

の？」

かった。「どの2人だ？」と言いそうになった。

た。とてつもない痛みだった。衝撃でオレは

って、転がった。見てみると、ニット帽にサングラスを掛け、
している人間がバットを持っていた。またしてもバットで殴られた。

その男は、オレが押さえ込んでいた男の腕を引っ張って起き上がらせ、落ちたスタンガンを取り、去って行った。オレはまだ上手く息が出来なかった。激しい痛みで浅くしか呼吸が出来なかった。

もう1人いた!?

その疑問の解釈を早く噛み砕きたいのに、痛みで思考が回らない。また戻って来て殴られるかもしれない恐怖感が、何とか体を動かす原動力となった。しかし原動力にはなったが、実際立ち上がろうとすると、激しい痛みが走り、動けなかった。目の前に白いモヤがかかり、吐き気もする。

オレの背面で誰かが会話している。

「どうしたら……いいですかね？　恐い…」

多分、通行人だろう。一部始終を見られた……。このままでは警察に通報される……。

「私、救急車呼びます。以前、看護師をやっていたので、ここは大丈夫です」

「私、こういうの慣れていないので…」

「大丈夫です。震えているじゃないですか？　ここは任せてください」

「でも…」

余計なことしないでくれ、と心の中で懇願した。「救急車なんか呼ぶな」と言おうとしたが、息が浅くて、上手く言葉にならない。

「確かこういう場合、経験上なんですが、警察に何か聞かれるかもしれないので、番号だけ教えて頂けますか？　目撃者として……一緒にいた……人として…」

「わかりました」

片方が片方の番号を聞いている。1人の女がオレのことを覗き込む。

「あの方が今、救急車を呼んでくれるみたいで……すみません、よろしくお願いします」

30代半ばくらいに見える女は、そのまま立ち去った。オレはその姿を見て、そんなことをしている場合ではないと思った。

「救急車呼びますね……。警察にも連絡しなきゃ…」

オレは右手を上げて〝大丈夫だ〟という意思表示をした。

「そうだよね！　呼ばれちゃ困るのはアンタだもんね？」

……低い声で威圧的だった。

殴られた痛みのせいなのか、それともその声を聞いたからなのか、背筋が凍った。

痛みに耐え、ゆっくり起き上がり振り返ると、そこには神原喜代美が立っていた。

あまりの衝撃にオレは目を疑った。


神原喜代美と……オレは……喋って……いる…!?


憎む気持ち。一度、神原喜代美と喋ってみたかったという願いが叶った現実。彼女が目の前にいる疑問。オレの推測が的中しているのか、答え合わせを懇願する気持ち。それぞれが同時に襲ってきて、何も喋れずにいた。

「チカンが出たって叫んでみよっか？　フッフッ」

神原喜代美は一体、何を言っているのだろう？

「アッハッハ、一発で終わりだね。アンタ！」

何を含んでいるかわからないその言葉に、オレは底なしの恐怖を感じた。足の震えが止まらない。

「聞いてるの!?」

神原喜代美が叫んだ。オレは首を縦に振ったが、ほんの僅かしか振れなかったことが自分でわかった。

「ビックリしちゃって声も出ない？　全部知っているから。アンタは籠目の中…」

神原喜代美はそれだけ言い残すと、踵を返して自分のアパートに帰っていった。

オレは唾液を飲むことも忘れていた。意識して唾液を飲み込もうとしたら、気管に入ってむせてしまった。オレはむせながら、このまま神原喜代美を行かせていいのかと思った。思った瞬間、足を1歩出したが、すぐに神原喜代美の言葉を思い出した。

——チカンが出たって叫んでみよっか？——

オレはそれ以上、足が出なかった。警察を呼ばれたらオレは終わりだ……。神原喜代美が唯一持って来た武器だった。

言葉1つで人は人を殺せる……。

神原喜代美はそこまで計算していた。オレは神原喜代美が去っていくところを、ただただ眺めた。

神原喜代美がT字路を曲がり、姿が見えなくなると、急にまたバットの男が現れるのではないかと怖くなった。オレは脈打つ背中を左手で押さえながら、包丁を探した。

2人？

思考するのはあとだと、その考えを遮り、必死で手放した包丁を探した。そんなに遠くまで飛ぶはずがない。持って行かれたに違いない。オレはこれから、家の中でも自分を守る包丁がないのか？　そんなことは、あとから考えるしかない。明日の心配より、今の危険を回避することの方が優先だった。

とにかく、バットを持った男がいつ現れるかわからないので、自分の部屋に帰った。

歩くのが苦痛だった。痛いのは背中だけかと思ったが、右の二の腕も痛かった。背中と一緒に殴られたに違いない。階段で大きく息を吸って休んだが、バットを持った男がまた現れるかもしれないという恐怖で、足を前に出した。

部屋の前に着き、ドアを見てみても、何の変化もなかった。手形が増えている訳でもないし、他に違和感がある訳でもない。オレが掴みかかったあの男は、オレの家に何をしに来たんだろう？

オレはドアを開け、家に入った。中に入って、新聞受けを見てみると、その理由がわかった。

封筒が入っていた。神原喜代美からの手紙だろう。オレの手がさらに震え出した。

「まだ殺さない……。もう少し遊ばせて〜。あなたは鬼だから！　人の肉を食べる鬼だから…」

オレはその場でへたり込んだ。

これからも、あのバットで殴られることがあるというのか？　いや、待て！　この手紙が放り込まれたあとにバットで殴られたんだから、バットで殴られるとも限らない。いや、順番がどうとかではない。バットで殴られる殴られないじゃない！　似たようなこと……リンチに近いことをしてくるに違いない。2人いたんだ！　神原喜代美の彼氏ともう1人……。2人いたから、背が大きく見えたり、それほど高くないように見えたんだ！　３人でオレのことをいたぶるに違いない。

これからも……。

ずっと……。

まだ殺さない……？

まだ……？

いずれ殺すって言うのか？

一体何なんだ？

あの３人は？

何をしようとしているヤツらなんだ？

自分で自分のことを守れるのか？　包丁がないんだぞ？　オレにはもう自分で自分を守る武器がない。買いに行くか？　部屋に入ってしまうと、もう足が出ない。家の外に出られない。どうするんだ？

オレは、気付いたら声を出し叫んでいた。涙も出ていた。

恐い……。「恐ぇよ、恐ぇよぉ」と、またしても声に出して叫んでいた。

その一方で、玄関の前だと近所に声が漏れると思い、居間に戻ろうという冷静さもまだあった。こんなに恐い目に遭っているのに、冷静な自分がいることに自分で腹が立った。

わかったような面しやがって、何がわかるんだよ？　冷静な判断が得意なら、こんなことになることも察知しろよ!!

アッハッハッ、出来るかよ！　誰がこんなことになるなんて予想出来るんだよ？　ストーカーしてたら？　人を殺して？　捨てて？　ストーカー相手が？　チームを作って？　嫌がらせをしてくる？　そんでこれから殺される？　高井真郷の親族じゃなくて？　ストーカー相手の神原喜代美に？

狂ってる！

オレもあいつらも狂ってる!!

みんなまとめて狂ってやがる!!

「アッハッハ、今度は何だよ……。あれ何なんだよ…」

ベランダに何か黒い塊がある。

オレには恐怖と共にヤケクソな気持ちも同居していた。

「見てやるよ！　すぐには殺さないって言ってたもんな！　今さっきだもんな…」

オレは強気な言葉を吐いたが、体が震えていた。足が思うようには進まなかったが、確かめてやるという強い気持ちを持った。ベランダの窓を開け、その黒い塊に恐る恐る手を掛けた。

羽？

オレは両手でバイ菌を掴むように一気に広げた。

カラスの死骸？　首が力なく垂れている。

「わぁぁぁぁぁ、あぁぁぁぁぁああ…」

洗濯機の横にも、もう1羽いる。何なんだ？　これは一体、何の嫌がらせだ？

高井真郷をバラバラにして切り刻んだくせに、カラスの死骸に怖がる……。しかし、これはこれでなぜか気色が悪かった。今さら、カラスの死骸でビビるなと自分に言い聞かせたが、震えが止まらなかった。

神原喜代美の部屋のベランダを見ると、神原喜代美がこっちを見て、何かを言っている。暗くてよくわからないが、笑っているようにも見える。一体、何を言っているんだ？　オレが見ていると、神原喜代美は少し大きな声を出した。

オレは耳を澄ます。耳を澄ますと震えが少し治まった。しかし、何を言っているのかは聞き取れなかった。

何かリズムのような……。いつだったかもそうだった。その時も何かリズムがついていた。

お経？　呪文？　歌？　訛り？　外国語？

神原喜代美は3分程して部屋の中に入っていった。推測しようにも、意味がわからない行動ばかりだと、推測しようもない。

普通の生活をしている女をストーカーしようとしても、実態を掴むまでそこそこの時間が掛かる。小さな点と点を数多く集めて、やっと線になる。今回の一連の出来事は1つ1つの行動があまりにも意味がわからなく、次から次へと事が起きるから、考えることが多すぎて手を出せない。

ストーカーの最大の敵は相手が気まぐれなことである。何気ない生活を繰り返している人でなければ、ストーカーは付け込めない。規則的な生活リズムこそストーカーにとっての情報源だ。今回のように、非日常で不規則な行動ばかり起こされると、推理のしようがない。何からどう考えればいいか思考が止まってしまう。

オレはカラスの死骸をそのままにして、部屋の中に入った。「明日にしよう」と思った。昼間、太陽が出ている間は、アイツらも好き勝手に行動出来るはずない。仮にオレに何かしてきたとしても、目撃者が現れるに違いない。隣の駅にホームセンターがある。明日、新しい包丁を買って来よう。それと、何か武器になりそうなものも買って来よう。残りの金を考えれば節約した方がいいのだが、身を守るものは手元に置いておきたい。

鋭利な物だ……。ハンマーは一撃で致命傷を与えられない可能性がある。

神原喜代美は12時前には部屋の灯りを消した。

作戦

それから、1時間程様子を見て、オレも寝ることにした。布団に寝ると深く寝てしまうので、あぐらをかいて座ったまま寝ることにした。

神原喜代美は出勤時、どこにでもいるようなＯＬの顔になる。昨日、何事もなかったかのように会社に向かって行った。少しだけ家を出るのが遅くなったのか、時計を見て小走りで駅に向かって行った。

この神原喜代美を見て、誰が異常行動をする人間だと思うのだろう？　恐らく誰もいないと思う。そう考えると、駅に向かう人達の中にも異常行動者がいるのだろうか？　いるだろう。異常行動者ではなくても、変質者が混じっている可能性は大いにある。変質者も特別な生活を送っているのではなく、日常生活の中の一部に変質的な要素や偏愛を持っているだけなのだろうと思う。傍から見れば、オレだって人殺しのストーカーだとは誰も思わないだろう。

着替えてホームセンターに行こうかと思った時、心臓を掴まれた感覚に陥った。

「……マジかっ！」

思わず声を漏らした。

昨日の男の片方が、うちのベランダの下の道路からオレの部屋を見ていた。しかも帽子をかぶり、サングラスを掛け、マスクをしていた。太陽の光の下では、あまりにも違和感があった。

……オレが外に出ないように見張っている!?

多分、そうだろう……。

何で……何でオレがホームセンターに行こうとしているのがわかったんだ？

まだどこかに監視カメラがあるのか？　いや、カメラがあったとしても、包丁を買いに行こうと思っていることを口に出していないのだから、バレようがない。どのみち、このままだとホームセンターに行けない。アパートの入口は1つしかない為、どうしてもアイツに見つかる。もしオレが外に出たら、アイツはこんな日の当たるところでも、オレに攻撃してくるのだろうか？

オレは部屋にいる。アイツは外にいる……。晴れているとはいえ、冬だ。2時間もしたら、寒さで体が凍え、耐えきれなくなるだろう。持久戦にすればいい。勝手に向こうが去って行くだろう。オレが包丁を買いに行くことは知らない。向こうはただ脅しで見張っているだけだと思う。それに、あの格好で数時間いれば、近隣の人間が「怪しい」と通報してくれるだろう。それを待てばいい。神原喜代美が帰って来るまでにホームセンターに行けばいいと、何となくのメドを付けた。

3時間経ってわかったことがある。

ずっと見張りの男を見ていた訳ではないが、どうやら2人で交代交代、1時間ずつ見張っているらしい。片方が見張っている間、もう片方は神原喜代美の家で暖を取っているようだ。

それにしても、近所の人間は、なぜあんなに怪しい人間がずっといるのに通報しないのだろう？　同じアパートの主婦は、洗濯物を干している時に気付かないのだろうか？　気付いたとしても、何をされた訳でもないし、「そのうちいなくなるだろう」程度に思っているのかもしれない。第一、警察に電話するなんて、後々面倒臭いことになるとでも思っているのだろう。

だったらオレが通報してやろうじゃないか！　通報するくらいなら、匿名で大丈夫だろう。

オレはすぐに警察に電話をした。

いろいろ聞かれたが、住所と建物の名前、怪しいヤツが3時間いることを告げて、一方的に電話を切った。これくらいで警察がオレに何かあるかもしれないとは思わないだろう。

カーテンの隙間から覗いていると、20分程で町交番の人間が来た。警察はすぐに怪しい人間をアイツだと判断した。警察はアイツに話しかけ、それにサングラスの人間は答えた。サングラスの人間は免許証か何かを警察に見せて、何かを言っていた。不思議なことに、2、3分立ち話をして、警察は自転車に乗って帰って行った。

……帰って行った？　何でだ!?

特に犯罪行為を犯していなくとも、怪しいと通報されれば交番までは連れて行って事情聴取くらいはするだろう。なぜ、怪しくないと判断したのだろう？　警察が納得出来ることを言ったのだろうか？　多分、そうだろう。いや、たとえそうだとしても、2、3分で済む話なんてあるのだろうか？

その理屈がわからない。警察を買収したのだろうか？　それにしても時間が掛かるだろうし、第一、神原喜代美の貯金は240万円しかない。男が金持ちなのだろうか？　そうか、これは金持ちの遊びなんだな。大概の遊びを遊び尽くして、やることがなくなったから、人を追い詰めて遊んでいるんだ。いや、それで納得して済む話じゃない！　たとえ金持ちの遊びだったとしても、ここから抜け出して、武器の1つでも手に入れなきゃならない。

ただただ時間が過ぎていく……。何の手立てもなかった。考えれば考える程、身動きが取れなくなる。タクシーを呼んでホームセンターまで行って、またタクシーで帰って来ようかとも思ったが、それはそれで、オレの金を早くなくそうとしている作戦なのかもしれない。ならば向こうの思う壺だと思い、1歩目が出ない。それと同時に、本当にここから1歩も出さないという作戦ならば、タクシーを呼んでやろうという衝動にも駆られた。

無意味に時間が過ぎていく。相手の作戦は一体何なんだ？　それとは逆のことをしなければ、逃げられる訳もない。相手の作戦を知る方法はないだろうか？　そんなものは聞いてみなければわからない。何の防波堤もなく、時間はズルズルと過ぎていく。ただ、意味もなく、残酷に、時間は過ぎていく。

頭の中がゴチャゴチャになって、叫びたくなる。すぐそばにアイツらがいるから、オレが叫べばヤツらに聞こえて、それも思う壺になる。

オレは負けない。能動的になることが勝ちにいく、攻めることと勘違いしてはならない。今のように必死に耐えるということが攻めるという場合もある。わからない時に闇雲に動いて、それを「やるだけやったから」と負けを肯定するようなやり方をオレはしたくない。

ただ時間は過ぎていく…。意味もなく、何の手立てもなく時間は過ぎ、神原喜代美の部屋の灯りが点いた。

神原喜代美が帰って来て、10分もしないうちに動きがあった。朝から交代で見張っていた男達が、2人揃ってオレの部屋を見始めた。今まで暖を取りながら見張っていたのに、何か事を起こすつもりなのかもしれない。心の準備は出来た。

神原喜代美を含める3人をバラけさせる作戦はないかと考えた。今なら神原喜代美は部屋に1人しかいない。どうにか入口であの男達に捕まらないで、神原喜代美の部屋に潜り込めば、人質にして2人の動きを止められる。「警察に言ったら殺す」と言って、本当に警察に知らせたら殺そう。殺して刑務所に入ったとしても、やり方によっては、いつか出て来られるかもしれない。

殺されたら、そこで全て終わりだ。オレは神原喜代美に好き勝手なことをして、最後に殺す。そして警察に捕まる…。それでいいんじゃないか？　いずれ殺されるなら殺す。

神原喜代美もオレを殺したら、長い間刑務所に入らなければならない。だったら、代わりにオレが刑務所に入ろう。神原喜代美に辛い思いをさせたくない。これは多分、神原喜代美に対する、愛だ。

これがオレの出した答えだ!!

アイツらが言うこの部屋、籠目の中にいれば襲って来ることはないだろうが、ここから出なければ、オレの作戦は成立しない。問題はあの2人の見張りの目を掻い潜り、どうやって神原喜代美の部屋に潜り込むか? そして何の武器もなしに、神原喜代美を脅すことが出来るのか?

武器はこの際、先の尖ったシャーペンやボールペンなどを10本程持って、逆らったら目を潰すと言えばいいだろう。アイスピックがあれば一番良かったのにと思ったが、今さら言っても仕方がなかった。オレはシャーペン、ボールペン、箸を10本程、輪ゴムで留めた。抵抗したら本当に目をえぐろう。潰してスプーンでえぐり取れたら、見えているもう片方の目で見せてやろう。多分、目の奥には神経が繋がっているだろうから、ハサミも持って行こう。

道路を見て、まだ見張りが2人いるか確認した。コソコソ2人で喋っていやがる。しかし、近所の人間は夜、サングラスにマスクをしている2人を怪しいと思わないのだろうか?

とにかく、入口の突破の仕方だ。それを今から考えるとして、とりあえず神原喜代美の部屋の鍵を取り出しやすいようにズボンの左ポケットに入れた瞬間だった。

玄関の方から聞いたことのない音が聞こえてきた。

開始

シューーッという風船のガスを入れるような音だった。

オレは瞬間的に〝誰だ？〟と心の中で叫んだ。今さっき道路に、オレのことを見張っていた2人がいたはずだ。何かの間違いではない。

慌てて玄関に確認しに行く時、急に鼻孔に強烈な刺激がして、くしゃみをした。

〝何だ、こんな時に〟と思ったが、止まらなかった。それでもオレは玄関に向かった。目尻がヒリヒリして涙が溢れてきた。溢れてきたというレベルじゃなかった。涙が止まらなかった。それと同時に何か唸り声みたいなものが聞こえてきた。唸り声はすぐに収まらず、「う〜、う〜」と呻き続けている。くしゃみが出て、咳き込み、涙が止まらなかった。唇、口の中がピリピリした。痺れているような感覚だった。それでもオレは確認しようと痛む目を開け、覗き穴から覗いた。

顔を鈍器で殴られたような衝撃を受けた。

「何だ？」と口に出そうとしたが、咳で上手く言葉にならなかった。舌は痺れ、涙であらゆるものが歪んでいる。視界は目眩《めまい》で白い。

オレはむせながら、咳き込みながら、くしゃみをしながら、涙を流しながら、全身震えた。

ガスマスクをかぶった人間が３人いる！　これは毒ガスなのか？　だとしたらオレは死ぬ……。

〝死にたくない！〟と心の中で何度も叫んだ。

オレは今さら、息を止めた。手遅れかもしれないが、そうせざるを得なかった。

心臓が激しく鼓動しているので、呼吸が荒く、すぐに息を吸いたくなる。

なぜ、３人いるんだ？　おかしいじゃねぇか！　下にさっきまで２人いただろ？

玄関まで見張っていた男達が急いで上がって来たとして、もう１人が神原喜代美の計3人でいてくれ、と心の中で思った。

くしゃみが止まらない。くしゃみをする度に空気を吸ってしまう。咳が止まらない。体に入り込むガスを吐き出しているのだろう。しかし、咳と咳の間に空気を吸ってしまう。

涙が止まらない。ガスのせいなのか、これから死ぬということに対して泣いているのかよくわからない。自分の感情がよくわからない。

とにかく、よろけながらも、玄関から一番遠いベランダに逃げ込もうと思った。頭を低くして歩いたのは、なぜだろう。死に対する恐ろしさからなのか。

目がヒリヒリして涙が止まらなかったので、最初は理解出来なかった。脳が揺れたような気がした。それほどの衝撃だった。

ベランダにまたしてもガスマスクをしている人間がいた。4人いる……。1人はバットの先端で窓ガラスを割ろうとしていた。1人は釘抜きで窓ガラスを割ろうとしている。1人はスタンガン。1人はオレが持っていた包丁。男達は何か唸っている。玄関の鍵が開く音がした。

か〜ごめかごめ

掛けているチェーンに引っ掛かり、鉄ドアがドーンと鳴り、暴力的な音がする。

籠の中の鳥は〜

窓ガラスにひびが入った。

いついつで〜や〜る

外の通行人だろう、キャーと叫んでいる声が聞こえる。ガスマスクをした男がバットを持って、ガラスを割ろうとしている姿が怪しいのだろう。

夜明けの晩に〜

通報してくれ！　このままだと本当にオレは殺されてしまう。

鶴と亀が滑った〜

こんな大事な時でも、くしゃみと咳、涙は止まらないものだ。

後ろの正面だ〜れ

チェーンが引っ掛かっている玄関の鉄ドアをガンガン引っ張る音がする。玄関のガスマスクのヤツらも『かごめかごめ』を歌っている。

……か〜ごめかごめ

苦しい……。心臓を針で刺されたみたいだ……。

籠の中の鳥は〜

〝やめろっ、やめろってっ〟とオレは心の中で叫ぶ。咳き込んで喋れない……。

釘抜きの人間が、窓ガラスに穴を開けた。

いついつで〜や〜る

そうだ、ここは籠目の中だろ？　ここにいれば、お前らは入って来ないんだろ？

いや、来られないんだろ？　そうしてくれ！　頼む!!

夜明けの晩に〜

口の中がピリピリして、唇の端が切れてるんじゃないかと思うくらい痛かった。

この歌は一体何なんだ！　何でオレの家に入って来ようとしながら、『かごめかごめ』を歌うんだ？　サイコ集団か？　何の儀式だ？

鶴と亀が滑った〜

ピリリリリリリリリ……。

オレの携帯電話が突然鳴った。誰とも連絡を取っていないのにおかしい……。

後ろの正面だ〜れ

神原喜代美だった。

オレは神原喜代美の番号を携帯電話に入れていた。オレは咳が治まらない中、神原喜代美からの電話に出た。

「アハハハハハハハハハハハハハハハハハハハハハ…」

狂気そのものだった。

常軌を逸していた。

ている。

合唱

オレは咳き込んで、何も答えられなかったが、「何がおかしいんだ」と言ってやりたかった。バットの人間が、釘抜きで開けた穴を中心に、窓ガラスを破ろうとしている。

「何、咳き込んでるの？　苦しそうじゃん？」

穴が少しずつ大きくなっている。窓ガラスに防犯用の針金が入っているから、ガスマスクの人間達も破るのに一苦労している。カシャカシャと言っているから、玄関の人間はチェーンに手を掛け、チェーンを外そうとしているのだろう。

「聞いてるの？　嬉しいでしょう？　私から電話があって」

「な……にが……も……く……てき……な……ゴホッ」

「聞こえない？　何言ってるの？　アハハハッ」

「こ……こは……か、か……ごめ」

「はっきり言えよ！　バカ!!　ってか言えないか？　アハッ」

バットの人間はある程度大きくなった窓の穴を手でこじ開けている。内鍵に手が届きそうだ。

「警察呼んで差し上げましょうか？」

バカにした言い方だった。オレはくしゃみをした。一度くしゃみをすると、止まらなかった。

「風邪？　体が冷えたんじゃない？」

くしゃみ、咳が止まった一瞬があった。

「全部教えてくれ……ゴホッ」

外の野次馬の声がオレにも聞こえた。外は相当の騒ぎになっているみたいだ。

「それは私の気分次第！　でも……う～ん、いっか！　私はもう少し遊びたいけど、そっちが結論を急ぐなら、今からそっちに行くよ！　か～ごめかごめ～」


籠の中の鳥は～

いついつで～や～る～

夜明けの晩に～

鶴と亀が滑った～

後ろの正面だ～れ

外のガスマスクの人間達と神原喜代美の歌が混ざり、『かえるのうた』の輪唱みたいになっている。

もうすぐ入って来る…。オレはどこにも逃げようがない。

か〜ごめかごめ
籠の中の鳥は〜

いついつで〜や〜る〜

夜明けの晩に〜

鶴と亀が滑った〜

後ろの正面だ〜れ
いつの間にか、どっちが遅いのか早いのかわからないが、互いが引き寄せ合ったかのように、見事なくらい、電話口の神原喜代美とガスマスクの人間達のユニゾンになった。

意味がわからないことばかりだった。

ベランダの人間達は、とうとう窓ガラスの鍵に手を掛けて窓を開けた。

4人同時になだれ込んできた。釘抜きを持っている人間が大きく振りかぶった。

釘抜きが天井に付きそうだった。オレは咳き込みながらも、頭をかばった。小さく丸くなったオレの手を誰かが押さえ込んだ。うつ伏せになったオレは、足をバタつかせ、抵抗した。釘抜きで頭をかち割られると思ったが、すぐに殴られはしなかったので、目を開けてみた。まだ釘抜きをかかげている。

「たす……け……ゴホッ……ゴホ……れ……」

バットが放り投げられているので、オレの腕を押さえ込んでいるのはバットの人間だと推測した。咳き込みたいのに、くしゃみをしたいのに、床に押さえ付けられているので、生理的な体の動きが出来なく苦しい。何かで足をグルグル巻きにされている。1人の人間がドアのチェーンを外しに行ったらしく、バタバタと数人が家の中に入って来たのがわかる。ガスマスクの奥の顔を見ようとしても、涙でよく見えない。

恐怖……。

圧倒的な恐怖だった。

腕を何かでグルグル巻きにされる。粘着性のものだ。多分、ガムテープ……。

脇腹に激痛が走った。誰かがオレの腹を蹴った。1発……2発……3発……中には踏み付けるヤツもいる。オレはなぶり殺されるのか？

咳とくしゃみと恐怖の涙で、ウォーウォーと呻き上げることしか出来ない。〝やめてくれ〟と心の中で言い続けた。実際、喋っているのは呻き声だけだった。

高井真郷はオレに刺された時、心の中でやめてくれと思っていたのだろうか？

オレは目隠しをされた。真っ暗だ…。何も見えない。ガスマスクの人間達の不気味な息使いだけが聞こえる…。次の瞬間、オレはどうなってしまうのだろう？　5秒先、いや1秒先がわからない。

オレの体を起こして、これは、多分、紐で、体を巻いている……。きつく、きつく縛られている……。釘抜きの人間はどうしているんだ？　このまま殴り殺されるのか？

闇……。闇の恐怖で気が狂いそうだった。

誰かがオレの腹を蹴った。息が出来ない中、さらに息が詰まった。その反動で後方に倒れ、後頭部を壁に打った。痛みはもちろんだが、恐怖の方が勝った。

……ガスマスクの人間達が静まり返った。気配で動きが止まったとわかった…。

その静寂は次に何が起こるのかわからない恐怖を膨れ上がらせる。

突然、太い針で足を刺された。全身に電流が走り、体の筋肉という筋肉が硬直するのがわかる。正座した痺れが全身に伝わるような感じだった。一体この唸っている声は誰の声だと思ったら、オレの声だった。声が勝手に漏れる。失神しないように自分の意識を集めることでいっぱいだった。ジリジリと鳴る音に意識を集中して、意識が飛ばないようにした。

突然、頭に鳥が飛んでいる絵が浮かび、何者かに打ち落とされ、破裂した。木っ端微塵だった。なぜ、そんなことが思い浮かんだのだろう？　この痛みのせいだろう。腰が体から取れているんじゃないかと思う。目隠しをされているからわからない。

「アガッ……ッガッアッアァァァ…」

オレの声だった。さっきは唸っていただけなのに、オレは今、叫んでいる。

鳥はグチャグチャだ……。なぜ、空中で破裂したのに、１カ所に肉片が固まり、置いてあるのだろう……？

……意識はあった……意識は……しっかりしている……いる？
……いるだろう……いなかったらオレは誰だ？
……玄関で誰かが今いる中の誰かと喋っていた……ちゃんとわかってる……オレはずっと意識がある……戻せ……通常のオレに戻せ……通常の……。

突然、腹に苦痛が走った。さっきの痛みとは全く種類が違う。人に蹴られた衝撃だ。

「早く起きろよ!!」

金切り声だった。もう1発食らった。吐き気がした。オレは何が起きているか全く理解が出来なかった。

細い糸……。オレはオレ自身の意識を取り戻す為にイメージした。オレはその糸に捕まるように自分の意識を取り戻そうとする。

「いつまで寝てるんだよ！」

オレはまた腹に蹴りを食らった。声の持ち主は、さっきと同じだった。

突然、視界が明るくなった。目隠しと一緒に、髪も数本抜かれた。

その声の持ち主は神原喜代美だった。目隠しを取られる前から気付いていた。

生死

窓ガラスが全開にされていて寒い……。オレは何か言葉を発しようとするが、考えがまとまらなかった。

「目の焦点が合ってないじゃん」と言い、神原喜代美はオレの頬を叩いた。その痛みは痛みで苦痛だった。まだ右腰周辺に痺れを伴う。

突然、オレは優しくされたいという妙な感覚に陥り、泣き出した。

「アハハハハハ、何泣いてんの？」

オレは笑っている神原喜代美を見て、〝頼む、優しくしてくれ〟と強く思い、さらに泣いた。すると神原喜代美は瞬時に怒りに満ちた顔に豹変した。

「鬼が泣いてるんじゃねぇよ！」

頭がボーッとしている。神原喜代美は何を言っているんだ？　後ろにいるガスマスクの男達は静かに立っている。意識が朦朧としているオレにも、異様な光景だということが理解出来た。「カーホッ、カーホッ」と各々、好きずきに呼吸をしているので、その不協和音がさらにオレに恐怖を与えた。

寒い……。せめて窓を閉めて欲しい。


「……てるよ」

オレは聞き逃してしまった。体の痺れで上手く声を出せないので、理解していないという表情をした。自分で自分の顔を見られないので、上手く出来たかどうかはわからなかった。すると、神原喜代美は急に顔を近付けてきて、オレの髪を掴み、自分の手元に引き寄せた。

「『高井真郷のこと知ってるよ』っつったんだよ!!　目の前にいるのに、何で聞いてないの!?」

オレの髪を引っ張り、体を揺する。全身が痺れているのでやめて欲しい……。

オレはまた泣き出した。

「だから泣いてるんじゃねぇよ！」

そう言い、神原喜代美はまたオレの腹を蹴り上げた。オレはヨダレを吐き出し、腹の痛みに耐えた。涙は止まらなかった。

……高井真郷のことを知っている？

オレは唸り声を上げた。叫び出したかった。

終わりじゃないか？　はっきり神原喜代美は「高井真郷のことを知っている」と言った。そんな大事なことを聞き逃すなんて、まだ頭がボーッとしている証拠だ。

全部終わった。

オレの全ては終わった……。

こうなったら、警察に来て欲しい。どうせ、いずれ捕まるのなら、これ以上いたぶられたくない……。

窓を開けっ放しで、叫ぶ人間と泣く人間がいるのに、どうして警察は駆け付けないのだろうか？　見て見ぬ振り、我が身は関係ないという人ばかりなんだろうか？

それもこれも頭がボーッとして、考えられない……。

「アァア…ガァ…アァア…」

叫んでいるつもりでも、大きな声も出せない。喉も痺れているようだ。力いっぱいアゴを引くと、神原喜代美がオレにスタンガンを当てていた。さっき、針で刺されたような感覚はスタンガンだった。

「アハッ、私スタンガン初めて使った〜。これいいかも！　チカンに襲われても、これ持ってると便利だね？」

神原喜代美はガスマスクの1人に話しかけている。ガスマスクの人間は何も反応しない。

苦痛。苦痛以外の何ものでもない。どうにかしてくれ。

とにかくオレの身の振り方だけでも決めてくれ。殺すなり、警察に突き出すなり、結論を決めてくれ！　そう考えるのも、意識が朦朧としているからだろうか？

「アガッ……ガッ…」

声が掠《かす》れている。

「瞬間で効果があるじゃん〜」

神原喜代美は目を輝かせていた。

「これ私、貰うね！」

神原喜代美は、まるで子供のようであった。ガスマスクの人間は、またしても神原喜代美の言うことに反応しなかった。

「さて」と神原喜代美は言い、オレの顔の前に座り、オレの顔を覗き込んだ。


オレは神原喜代美の股間をズボンの上から見た。オレはこんな時まで、と自分に苦笑した。こんな時まで性的なことを考えるなんて、人間はすごいなと思った。

しかし、今さらバタバタしても、腕を縛られ、足を縛られている。相手は皆、武器を持っている。オレには何もない。オレ1人に相手は複数、一体、何が出来るというのか？

オレの人生はここで終わる……。

人は死ぬ前、何を思うのかとずっと疑問だったが、今オレは何も思わない。思わないどころか、人間の本能なのか、神原喜代美の股間を見て性的興奮を得ようとしている。人間はギリギリまで生きたいと思うものなんだと知った。死ぬ前に何を思うのか、オレが到達した答えは、人間は死ぬギリギリまで生きたいと思うことだ！

それを思いながら死んでいこう。

頬に痛みが走った。

「聞いてるの？」

神原喜代美がオレに平手を打った。

「今から言うことは、すごく大事だから聞いて」

選択

オレは唾を飲み込もうとしたが、上手く飲み込めなかった。心臓が大きく脈を打った。

「あんたが決めていいよ！　あんたが助かる方法は1つある…」

今度は上手く唾が飲み込めた。

助かる方法？　またしても、神原喜代美は何を言っているんだ？　オレの頭がボーッとしているから、わからないのか？　オレが神原喜代美の股間を見ている間に、聞き逃した言葉があったんじゃないか？　オレは出来ているのか出来ていないのかわからないが、精一杯頷いた。

「私の生まれた土地に来て、生涯そこから出ないで一生過ごすの…」

頭の中で神原喜代美の言葉を繰り返しても、言っていることが理解出来なかった。

「そうしたら、あんたは助かる…」

オレは〝うん〟とも〝ううん〟とも首を動かせなかった。理解をしたい。神原喜代美の言っている真意を確かめたい。オレはどうしたらいいか次から次へと言葉が溢れそうになるが、同時にいろんな考え、言葉が出て来てまとまらない。

「歌が歌い終わるまで、待ってあげる！」

ガスマスクの人間達が歌い出した。

か〜ごめかごめ
かごめがどうしたって言うんだよ!!　考えが散るから黙っててくれよ!!

籠の中の鳥は〜

「質問は受け付けない！　自分で決めて！」

いついつで〜や〜る〜

スタンガンのせいで頭の中が痺れている……。ボーッとしていて思考がまとまらない。

「1つだけ教えておいてあげる。私の言うことを聞いていれば、あんたは助かる」

夜明けの晩に〜

これが、これが…、人生の重要な選択じゃないか？　この間考えたことだ。〝うん〟と言うか〝ううん〟と言うかで人生が左右される。いや、されないかもしれない。どっちを言おうが、殺されるかもしれない……。しかし、人生が終わるにしても、オレの最後の言葉になる……。

鶴と亀が滑った〜

オレは神原喜代美に降伏するか抵抗するか……。〝うん〟と言うか〝ううん〟と言うか……。もうすぐ歌が終わる……。せめて、思考がちゃんとしている時にして欲しかった……。

後ろの正面だ〜れ
ガスマスクの男達の野太い声が重なった汚いユニゾンで歌われたその歌は、終わりまでも揃わず、汚くバラバラにその歌を終えた。

「終わったよ！」

神原喜代美は毅然としていた。そして、ゆっくり、はっきりした言葉でオレに語りかけた。

「確認の為に2回聞きます。私の生まれた土地に住む。住むなら、首を縦に1回動かして。住まないと言うなら、首を横に、振って…」

オレは……オレは……。

〜作者より〜


神原喜代美は主人公に2つの選択肢を与えました。

1つは神原喜代美の生まれた土地に住み、そこから一生出ない……。指すところは主人公の完全降伏。首を縦に動かすこと。

そしてもう1つの選択肢は、神原喜代美の提案したことに乗らず、自分で助かる方法を模索する……。つまりのところ、徹底的な抵抗。首を横に振ること。

その選択肢は読者であるあなたが決めてください。


首を縦に振る、つまり神原喜代美に「降伏する」を選んだ方は221ページにお進みください！

首を横に振る、つまり神原喜代美に「抵抗する」を選んだ方は175ページにお進みください！

「降伏する」をお選びの方はくれぐれもこのまま読み進めないでください。

読者であるあなたも人生の選択肢を迫られた経験が何度かあると思います。もしくは、これから人生の選択肢を迫られることがあると思います。

その時、選択肢は1つしか選べない。

あなたの結果がどうなるか……。試してください。

読者の皆さんが少しでも感情移入しやすいように、主人公に名前を与えませんでした。


さぁ、時間です…。

お選びください！


あなたの選んだ選択肢がどうか間違いではありませんように……。

抵抗編

抵抗的

世界の時が止まったかのような静けさだった。

神原喜代美の目から、感情を読み取ることが出来なかった。氷のように硬く冷たかった。神原喜代美は、何の感情も挟まずに喋り始めた。

「じゃ、答えを聞くよ。あなたは私の生まれた土地に来て、そこで一生を終える。〝ハイ〟なら首を縦に1回動かして。〝イイエ〟なら首を横に振って」

神原喜代美の冷たい目とは裏腹に、声はとても優しかった。何の感情も入っていないだろうが、さっきまでの威圧的な喋りはどこかにいっていた。事務的でもあり、どこか諭すようでもあった。

頭はボーッとしているが、オレの答えは決まっていた。

答えはNOであった。つまり首を横に振ろうと思っている。瞬時の直感であった。直感で決め、理由をあとから自分の中で並べると、その理屈に自分で納得した。何かはわからないが、これ以上神原喜代美に関わると、おぞましい結末が待っていると思った。自分の生まれた土地に来いということは、何かオレを利用しようとしているということだ。大袈裟に言えば、足にオモリを付けて、ダム工事のようなものを一生タダでさせられるんじゃないかと思った。奴隷みたいなものだ……。であるならば、何とかここに留まり、神原喜代美から逃げ出す方法を考えた方がいい……。

馬車馬のように働いて、のたれ死ぬ人生を過ごすのは目に見えている。第一、助かると言っているが、それが本当かどうかわからない。というか、嘘の確率の方が高い。ガスマスクをして部屋に入って来るヤツらや、不気味な方法でオレを追い詰める神原喜代美を信用出来る訳がない。オレは神原喜代美から逃げ出し、いつか……何年、何十年掛かっても、最終的に神原喜代美を監禁する。

オレが神原喜代美を奴隷にする。オレは神原喜代美の奴隷にはならない。オレは前々から、その野望を持ち合わせていた。野望をキープすることは、とても難しい。自分の中で衝動が起きた時に、今後の展望を野望として持ち合わせることは、誰にも出来る。しかし日が経つにつれ、野望が現実にならないと、その野望は薄れる。その衝動を時間が経ってもキープし続ける人間だけが野望を叶えることが出来る。オレはそう信じている。

オレはそれが出来る人間だ！　オレは神原喜代美に抵抗し、オレの野望を実現する。思うようにはさせない。コンマ何秒かでオレはここまで考えられる。スタンガンで頭がやられている状態なのに、ここまで考えられるということは、チャンスをうかがい、正常になれば、何かしらの策が浮かび上がるかもしれない。

「……答えて！」

オレは自分の決意を行動で表した。自分でどのくらい動いているのかわからないが、首を横に振った。

「……それでいい？　あなたは私の生まれた土地に住まない。もう一度、聞きます。あなたは私の生まれた土地に住みますか？」

オレは躊躇なく、さっきよりも大きく首を横に振った。

「……わかった。自分で決めたことだから後悔しないでね…」

後悔なんてする訳がない。たとえ死んだとしても、最後は自分の意思で自分の決めた答えを他人に伝えた。オレの野望を打ち砕けるヤツは誰もいない。

神原喜代美は、大きく溜め息をついた。

自分で立派な決意をしたと自画自賛をする割に、ここからどうやって逃げ出すかは、雲を掴むような話だ。

「そう来るとは思わなかった。この先のあなたに同情して、1つだけあなたの希望を聞いてあげる。叶えられるものは叶えてあげる。ダメなことは断る」

意外な会話の展開だった。神原喜代美との会話は読めない。意味がわからなかったり、感情が読み取れなかったりする。

希望を1つ叶えてくれる？

ガスマスクの人間達は、相変わらず一言も喋らないで、オレを見続けている。

1つだけ……。

高井真郷の件を言わないでくれと言ったら、どうなるのだろうか？　オレが高井真郷を殺害していることは知っている……。その願いを聞き入れた時、神原喜代美はどうするだろう。

オレが神原喜代美だったら、どうするだろう？　頭がボーッとしているオレにもわかる。

……オレを殺すだろう。

ここまで堂々とオレを縛り上げる人間達は、そのくらいする。オレを餓死させようとしていたヤツらだから、当たり前のようにオレを殺すだろう。アリバイも、これだけの人数がいれば成立する。

では、逆に殺さないでくれと言ったらどうなるのだろうか？

……警察に高井真郷のことを言うだろう。そうなると、いつか神原喜代美を監禁しようとしているオレの野望が叶わなくなる。しかし、神原喜代美はどうやって高井真郷殺しの情報を得たと警察に言うのだろう？　簡単だ。匿名で通報すればいい。そして、警察が信用するような情報を言えば、オレの家に来ざるを得ない。オレに有効的な希望はないのだろうか？

「……ないならいいよ」

オレは咄嗟に「待ってくれ」と言った。声が掠れてガサガサと喋った。

「え？　何？　はっきり言って！」

神原喜代美の口調が強くて、少し萎縮した。オレは喉の詰まっているものを払い除ける為に、咳払いを1つした。そういえば、もう咳やくしゃみをしなくなっていた。改めて、「待ってくれ」と言った。

「待ってるから早くして…」

今度は静かなトーンだった。さっき威圧的な言い方をされていただけに、優しく感じた。

よく思い出してみろ？　自分がなぜここにいるのか？　何でここから抜け出せないのか？　金がなくて、外に出るとバットで殴られるからだ。「暴力を止めてくれ」と言ったら、ここから抜け出せるのだろうか？　抜け出せないだろう……。オレは今、縛られている。暴力を振るわれないかもしれないが、見張られて飯を与えられなければ、4～5日で飢え死にだろう。

金があればいいのか？　どうやってやるかはわからないが、金さえあれば、とりあえずタクシーに乗って、ここから一時、脱出出来るかもしれない。

飯の確保とどっちがいい？　高い望みから言って、ダメなら下げていく方法がいいだろう。「盗った金を返してくれ」と言って、それがダメなら「食事は3食出してくれ」と言えばいいかと思った。

「……金取ったろ？　……その金を返して欲しい…」

神原喜代美は、目を逸らさずにオレを見ている。

どういう意味なんだろう？　どういう感情なんだろう？　理解出来ないものは恐

ろしい。氷のような目で、神原喜代美はオレを見ている。

「……いいよ」

自分で言ったが、まさかと思い驚いた。こんなに簡単に受け入れられると思わなかったし、オレから金を盗ったことをこんなにあっさりと認めるとも思わなかった。

「持って来てくれる？」と神原喜代美は1人のガスマスクの人間に指示した。そのガスマスクの人間は部屋から出て行った。

「逃げようと思ってるの？」

何のオブラートにも包まない、その質問に一瞬慌てた。

「……逃げる……より……先に……飯の……確保だ……残りの金が……あと僅かだからな…」

神原喜代美はふーんと言い、目の奥が少し笑ったような気がした。

「多分、私達からは逃げられないよ…」

オレはその言葉に反応しなかった。その代わりに、オレは「目的は何だ？」と聞いた。

「拒否をしたあんたに答えるつもりはないよ」

聞きたいことは、いくらでもあった。なぜ、これだけ派手にオレを襲っているのに警察が動かないのか？　最終的にオレをどうするつもりか？

「この部屋、異常に寒いね」と言い、神原喜代美はエアコンを付けた。

「一番強くしよう〜」

オレがストーカーしているから、こういうことをしているのか？　それとも、いつもこんなことをしているのか？　まだまだ聞きたいことはいろいろあったが、神原喜代美の目を見ると、何を聞いても答えないとわかる。

「口紅は使ってくれた？」

何も包み隠さない会話をされると、こっちが返答に困る。

「塗ってあげるよ」

神原喜代美は微笑んでいた。

「どこにあるの？　あっ、あそこだ」

神原喜代美は、テレビの隣に置いてあった口紅の数々を見て、そのうちの1本を手に取って、オレの顔に近付いて来た。

「こっち向いて」

神原喜代美は、塗りやすいようにオレの顔を自分の方に向けた。神原喜代美の手がオレの頬に触れていることに意識がいった。神原喜代美が、オレの唇に口紅を塗っている。神原喜代美はフフッと小さく笑った。

「嬉しいでしょ？　私に塗って貰えて」

神原喜代美はオレの唇に二度、三度口紅を塗る。それで十分なはずだが、神原喜代美は口紅から手を離さなかった。

「足りないよね？」

明らかに唇から口紅がはみ出している。頬にも口紅を塗っていた。

「あんた鬼なんだから、もっと塗らないとね…」

神原喜代美は無邪気に微笑んでいた。顔全体に口紅を塗られている。おでこにも首にも耳にも目に入っても、お構いなしだった。

「アハッハ、似合うよ～」

　ガスマスクの人間が帰って来て、金が入っている封筒を神原喜代美に渡した。神原喜代美は受け取ると、オレの顔の前に、「はい」と雑に投げた。

「返すよ！」

　確かにオレが使っていた封筒だった。

「逃げられるんだったら、逃げればいいよ。逃げられるんだったらね」

　オレは返事が出来なかった。何で、こんなにあっさりと返してくれたのだろうか？　それとも、これも計算済みで、このあと何か恐ろしい展開が待っているのだろうか？

「あなたは絶対に逃げられない……。鬼は絶対に逃がさない」

　と神原喜代美は言い、どこから出したのか、ある錠剤をオレに見せた。

「とりあえず疲れたでしょ？　ゆっくり寝て」

　そう言うと、神原喜代美はオレの口をこじ開けようとした。

　オレは抵抗した。歯が砕けそうになるくらい噛み締めた。

「どうする？　歯抜いちゃう？」と神原喜代美はガスマスクの人間に話し掛けた。

　ガスマスクの人間は、ペンチを神原喜代美に渡そうとした。

恐い。コイツらなら本当にやりかねない。飲む振りをして、口の中に隠して逃げられないかと思った。行き当たりばったりの作戦だが、他に方法はなかった。最悪飲んだとしても、どっちにしろ歯を抜かれて飲むんだったら、歯を抜かれないで飲んだ方がマシだ。抵抗はしているつもりだが、ゆっくりオレの口が開いていった。自分の意思が恐怖に負けた瞬間だった。

「口紅が滑るよ」と神原喜代美は誰に言う訳でもなく呟いた。

オレの口の中に錠剤が入った。自分で不思議に思ったのだが、毒薬かもしれないという恐怖よりも、今すぐに歯を抜かれる恐怖の方が勝った。

「水持って来て～」

神原喜代美はオレの鼻を摘まんだ。

「口紅でベタベタしてるよ……気持ち悪い…」

神原喜代美は自分でやったのに、何度でも言う。

ガスマスクの人間がコップに入った水を持って来た。神原喜代美は、無造作にオレの口の中に水を入れてきた。摘ままれた鼻が左右に振られる。水を飲まなければ、苦しい状態になった。

「口紅って水で洗っても落ちないんだよね…」

神原喜代美は相変わらず独り言を言っている。吐き出したら延々とやり直しをさせられる……。オレは抵抗出来ない状態に屈するしかなかった。

これで死んでも仕方がない。最後はオレの意思で首を横に振った。そこに後悔はない。かえって死んだ方が、全ての欲望がなくなり楽になれるかもしれない。オレは神原喜代美を奴隷にするという野望を持ったまま死ぬ。死ぬことは結果だが、妥協をしなかったことにはプライドを持っている。

「明日仕事だから帰るね。寝るまで見張ってて。順番は自分達で決めて！」

1人のガスマスクの人間が歌い出した。

か〜ごめかごめ
籠の中の鳥は〜
いついつで〜や〜る〜
夜明けの晩に〜
鶴と亀が滑った〜

後ろの正面だ〜れ

声からして全員男だと思う。
不気味以外の何ものでもなかった。
歌い終わると、また繰り返す。

か〜ごめかごめ
籠の中の鳥は〜
いついつで〜や〜る〜
夜明けの晩に〜
鶴と亀が滑った〜
後ろの正面だ〜れ

急激な眠さが襲ってきた……。
飲んだ薬のせいだろう……。

ひょっとして楽に死ねる薬なのかもしれない……。

～ごめ……め

……の中の……は～

い……い……で～……る～

夜明け…晩…………

……………………………………………っ……………………………………………………………………………

………………………………………ぁあ…ぁあ…ぁあ…ぁあ…ぁあ…ぁあ…ぁあ…ぁあ…………

…ぁあ…………………………………………………っ…………………………………………………

……………………………………………………………………………………………………ぁあっ……

……………………………………………ああああああああああああああああああああああああああ

ああああああああああああああああああああ…………………………………………ぁあっ……

……………っ。

誰かの声で目覚めたと思ったら、震えていたのは自分の声帯だった。自分の声に恐怖した。

非現実

尋常じゃない痛みだった。

腿が焼けるように熱を持っていた。暴力的な吐き気が顔を覆っている感覚だった。腿の辺りから脳の奥深くまで電流が流れている。両方のこめかみをコンクリートで押されているような頭痛がする。

足が軽かった。

痛烈な吐き気は、体に入っている内臓全てを出してしまう錯覚に陥る。体の至るところが引きつっている。首、鎖骨、右の脇腹、左の肩甲骨、両方の手の甲、尻の奥、右瞼、探せばいくらでも見つけられる。

目の焦点が合わなかった。ピントが合いそうで合わなかった。ガスマスクの男が2人いたことはわかった。1人がどこかに行った。

痛さの根源を探してみた。体の中で一番痛いのは足だった。そこまで鋭利ではないもので削り取られているようであった。心の奥底で、真実を確かめたくない気持ちが強かった。そんなことはあるはずない……。どうやってやったのか、その方法がわからない。焼けた鉄を押し当てられているのかと錯覚する程だった。腕を縛られているので、起き上がることが出来なかった。何とかエビが丸まるように寝返りを打とうとしたが、上手く出来なかった。

足を動かすと全身に電流が走る。

まさか、そんな、ことが、現実に、オレの、目で、確かめる、ことに、なるのか？

その考えがよぎった瞬間、痛烈な吐き気がして嘔吐したが、何も出て来なかった。怖かった。

とにかく怖かった……。

「起きた？」

神原喜代美がオレの顔の前に立っていた。

「1日半寝てたよ。死んだかと思ったよ」

目の焦点が上手く合わない。急に暗くなったりするのは、オレの精神的な影響なのだろうか？　現実を見たくなかった……。

「そこそこ強い睡眠薬で、使用量もすごい超えてたから、死んだもんだと思ってた」

部屋が暑かった。寝る前に神原喜代美が付けたエアコンが付けっぱなしなのだろうか、喉や口の中が乾燥しきって、唾も出て来なかった。喉が焼けるように熱く、1滴でも2滴でも水を口の中に含ませて欲しかった。

「あんた、助かったと思っているかもしれないけど、そのまま死んだ方がマシだったよ」

神原喜代美は微笑んでいる。

オレも同感だと思った。オレの考えていることが的中しているなら、オレはこれから、どうやって生きていけばいいのだろう？

「自分で見た？　ちゃんと見せてあげよっか？　手伝って〜」

神原喜代美は、ガスマスクの男達にオレの体を起こすよう指示した。

「せーの！」

神原喜代美はキャンプのテントを張るみたいに、浮かれた声で掛け声を掛けた。

オレの上半身は起こされた。

霧がかる視界から見えるその光景は、悪夢にうなされていると自覚がある夢のようだった。叫び声が遠くから聞こえるが、それを発しているのは自分だった。オレは「殺してくれ」とも叫んでいた。


震えが止まらなかった。文字通り、オレはガタガタ震えた。吐き気も襲ってきた。その衝撃で気を失いそうになった。少しだけ予想はしていたが、いざ目にすると、その衝撃は人が堪えられる容量を遥かに超えている。嘔吐とさっきの頭痛より強烈な痛みに頭を襲われ、割れそうだった。

「足が……足が…」

勝手に喋っている自分に気付いた。

「ん？　足が？　どうしたの？」

神原喜代美は、オレに質問をして楽しんでいるように見えた。震えが止まらなかった。

「震えてる……可哀想に…」

そう言い、神原喜代美はオレの背後から首元に抱き付き、囁いている。神原喜代美の顔は見えないが、微笑んでいることが声のトーンからわかる。

「寒いの？　もっと暖房強くならないかなぁ」

神原喜代美は、机に置いてあるリモコンを取りに行き、エアコンに向けて操作を繰り返した。

「最強か……」

オレはもう一度、自分の足を見る決意を固める為に、一度強く目をつぶった。そして目を大きく開け、自分の足をよく見てみた。

膝から下がなかった。オレは足を切られていた。

記憶

切り口は黒くなっていた。自分で見れば見る程、痛みが増した。右と左の長さがまばらだった。左の足は膝から下ごと切られていた。膝自体もなかった。右足はそれよりも上、腿の真ん中辺りで切られていた。不揃いだった。

「逃げようとするからだよ…」

オレは、何の返事も出来なかった。

「私達からは逃げられないって言ったでしょ？　これであんたは、どこにも行けない…」

神原喜代美は冷徹な目で言った。ガスマスクの男達は無機質にオレを眺めている。

急になくなった足の部分が痒くなったような気がしたが、気のせい以外の何ものでもない。

「あんたスゴいね。足を切った時、ショック死するかもなって思ってたんだよね。そうじゃなくても用量超えてる睡眠薬も飲んでるじゃん？　もう起きて来ないかもなって思ってた～」

神原喜代美は無邪気に言う。

「何で、こん、な、こと、す、る？」

「だから答える必要ないって言ったじゃん」

今度は威圧的に言った。神原喜代美は眉間に皺を寄せている。

……生きていた。

生きていることに、こんなに絶望することを自分の人生で味わうことになるとは思わなかった。ガスマスクの男達は全員集まっていた。

オレは口の中を舌で確かめてみた。ところどころに、途中で折れてまだ刺さっている歯があったが、全て抜かれていた。舌で触ると、重い痛みが歯茎を通して脳に伝わる。元々、歯が生えていたところはドクドクと脈を打ち、口の中に生き物がいるようだった。または神原喜代美の呪いがかかっているようでもあった。口の中で大きな毛虫を飼わされ、あちこち刺される呪い……。

「あんた喉渇いたでしょ？　今コーヒー入れてあげる」

神原喜代美は台所へ行き、お湯を沸かす。神原喜代美は振り返らないで「砂糖とミルクは？」と聞いてきたが、オレは何も答えなかった。

「いらないよね？　ブラックの方がいい味出ると思うから」

コーヒーじゃなくても、とにかく喉がカラカラだった。

「熱いから気を付けてね」

神原喜代美は、湯呑みを熱そうに慎重に持って来た。湯呑みからは湯気が出ていた。

「1人じゃ飲めないだろうから、私が飲ませてあげる。自分でフーフーして」

ただでさえ口の中が痛いので、せめて火傷しないように、オレは息をかけて湯を冷ます。もう少し冷ましたかったが、お構いなしに神原喜代美は口の中にコーヒーを入れてきた。水分が口に入ると、渇いた砂が水を吸収するように、コーヒーが歯茎に浸み渡った。

ジャリッと口の中で言った。固い何かが口の中で躍った。コーヒーが粉っぽかった……。

オレは神原喜代美の目を見た。

「気付いた…？」

神原喜代美は不敵に微笑んだ。

「あんたの骨入りコーヒー」

オレは目の前が真っ白になった。自分の骨を自分が飲む。現実は到底受け入れられるものではなかった。しかし、それでも水分が欲しかった。

エアコンを付けっ放しにしていたのは、これを狙っていたからに違いない……。

オレは無意識に嗚咽していた。

「もう飲まないの？　お腹は？　空いたでしょ？　私、時間掛けて作ったんだよ」

オレの予想が的中すれば、最悪の事態だ。この匂いは覚えがある……。

神原喜代美は、またしても台所へ行き、ガチャガチャと茶碗を取り出し、何かをレンジにかける。１分もしないうちに、レンジの音が鳴る。

「私の手料理食べれるなんて、うれしいでしょ？」

と神原喜代美は笑う。オレは首を振った。何度も何度も全力で振った。

「せっかく作ったんだよ…」

神原喜代美は悲しそうな顔をする。

頭をガスマスクの男の１人に掴まれる。髪を引っ張り上げられ、顔を上に向けられる。「アーン」と言いながら、神原喜代美は料理を丼からレンゲにすくい、オレに近付けてきた。色は茶色だが、この料理……、オレはわかっている。

オレの肉だった。オレの肉を角煮のように煮込んでいる。オレは食べる前から吐き出しそうだった。

「あんたが口に出来るのは、これしかないんだよ。飢え死にしちゃう」

オレの口にレンゲが突っ込まれた。強烈な臭みが口に広がった。暴力的な臭みだった。しかし、臭みだけで吐きそうになった訳ではないと思う。自分で自分を食うという、人としてやってはいけないタブーに吐き気をもよおしている。オレは吐き出した。

「味付けが悪かった？」

と、またしても神原喜代美が悲しそうな顔をした。そして神原喜代美はさらにオレの肉をオレの口に入れ、オレの鼻を摘まみ、食わせるように仕向けた。

「吐き出せないように口縫っちゃう？」

と神原喜代美はガスマスクの男に言った。オレは恐怖で肉を飲み込み、涙を流した。

何かしらチャンスを待って逃げるしかないと踏んでいた小指の爪先ほどの希望は、今まで与えられた恐怖ですぐに押し潰された。

「じゃ、お腹が膨れたところで指を切ろうか？」

なぜ、そんなことをするのだろう？　ただただ、人に苦痛を与えることが楽しいのだろうか？　ガスマスクの男達を含めた集団で？　人に苦痛を与えることが快楽の集団って、一体何だろう？　彼らが繰り返し言う「鬼」とは一体何だろう？　オレを鬼として扱って、肉体的、精神的に追い詰める。

「あんた、いつも夜中に起きるね？　会社があるんだから、こっちの身にもなってよ」

時計を見ると午前1時半を回ったところだった。

「さぁ、始めよっか？」

寝起きだから、頭の中で考える分にはいくらでも考えられるが、対話になると思考が急に止まる。

「私に屈するか、自分を貫き通すか、楽しみだね」

指を切られる……。

「じゃ、準備して…」

ガスマスクの男の1人がオレの首元に金属の物体を当てている。……恐らく、スタンガンだろう。

もう1人の男は縄を……包丁……で切っている。オレの手が自由になる!!　オレは高揚した。早く……早くほどいてくれ！　逃げられないのはわかっているが、1つ自由になるということが、こんなにも心からうれしいことだと思わなかった。

雑に縄を切られ、縄に締め付けられていた腹の部分が痛かったが、そんなことより早くほどいてくれという気持ちが勝った。

縄が切れた瞬間、これが昇天というものかと心底噛み締めた。オレはうれしくて泣いた。左腕が重力に従い床に付く。左腕の凝りが解き放たれた。頭の中が真っ白になった。

「泣いてるの？　怖いんだ？」

違う、うれしかった。自分の腕が自分の意思で動かせることに、生きている実感を味わった。

右腕も動かそうと思ったら、右腕は固まって動かなかった。血が通わなくて死んでしまったか？　首が凝ってしまったのか、少し動かすだけで異常に痛く、振り返りたくても振り返られない。集中すると、小指を動かせる感覚が微かにあった。右腕は死んでいない……。

ガスマスクの男は縄を切ると、包丁を背中に当てた。

オレは自由になった左腕の動いている指先を見て、泣いた。

「そりゃ、悲しいよね？」

……違う。神原喜代美の言っていることは全然違う。自分の意思で自由に指を動かせるから、うれしい。

人差し指が動いている。

中指が動いている。

薬指も小指も。

4本の指で親指を握れる。

生きていて、そんな実感を味わったことは今までなかった。全て当たり前だと思っていた……。

「未練が残るから、やっちゃおうか？」

神原喜代美はどこかオレに同情的だった。ガスマスクの男は、オレの目の前にそこそこ大きい機械を置いた。紙を断裁する機械だろうか？　だとしたら業務用のものだろう。今動いているこの指は、膝から下の足みたいに、いとも簡単に切られる。

もう1人のガスマスクの男は、オレの口にタオルを含ませようと準備をしている。

「これで最後だよ。飢え死にするか、自分で警察に連絡するか」

神原喜代美は、オレの目の前に固定電話を置いた。

「あなたは自分で高井真郷を殺したと警察に自首をするか、それとも、このまま何も食べず飢え死にするか。指を切ったら、もう終わりだよ。警察にも連絡出来ない。ただただお腹が空いて、1人寂しく死んでいくの…」

迷いは何もなかった。

小指を動かせる喜びをわかってくれる人間は、オレと同じ目に遭った人間しかいない。世界中の人間は今、小指を動かせる有り難さを何1つ理解していない。どの指も愛おしかった。

「もし警察に自首しないで飢え死にを選ぶんだったら、右手の指も切っていくからね。今は瞬間接着剤で右腕と背中を貼り付けているの。力一杯剥がせば、肉も一緒に剥がれるけど、自由になるよ」

なぜ、そんなことをするのだろうか？

言われれば理解出来る。冷静さを欠いていたせいで気付かなかったが、よく見ると、シャツの腹から下部分が破かれている。右腕を動かそうとすると、確かに背中の皮膚が引っ張られる感じがある。それが接着剤とは思わなかった。

人がもっとも怖いことは、わからないということだ。理解出来ないものが一番怖い。

「ちなみに、今回は足を切った時と別の方法で指を切るから止血出来ないけど、自分でしてね。止血するって言っても、両指全部がないから止血の方法もないけど…」

「わかったよ‼」

神原喜代美は驚きで話を止めた。

「警察に電話するってオレは決めてるんだよ‼　自首をするよ！　それで満足なんだろ！　高井真郷のことも、オレがしてきた全てのことも、そして……そして、忘れるな！　お前がオレにしてきたことも全部、ぜーんぶ喋ってやるからな！　覚悟しろよ‼　オレもお前もブタ箱入りだ‼　もしな、もしオレもお前も生きて出て来れることがあったら、またお前を追ってやる‼　オレと同じ目に遭わせてやるからな‼　どんな手を使ってもな‼　それまで、その指とその足を精々堪能しろよ‼」

世界の時が止まったような静けさだった。

神原喜代美は目を見開いている。

「…………アハハハハハハハハッ、何言ってるか全然わからない！　コイツ、カッコ良く決めたみたいに何か言ってたけど、モゴモゴ言ってて、全然言ってることわからないよ〜。歯が抜けてること忘れてるんじゃねぇよ！　昨日までの自分だと思うなよ！　体の一部分が当たり前にあると思うなよ!!　……まぁいいや、ニュアンスでわかったよ。とりあえず警察に電話するんだな!?　なんとなく、それくらいはわかったよ。じゃ、しなよ！」

神原喜代美は受話器を取り、オレに渡した。

「ゴメン、ゴメン。片手が使えないんだっけ？　受話器は私が持っててあげる」

オレは「1」のボタンを押した瞬間に手が震え出した。もう一度、「1」を押す。「0」を押した時、オレの降参が決まり、そして長い復讐が始まる……。またそれはオレの不幸の始まりでもあり、目的を持った人生の幸せの始まりでもあった。長い長い尋問、裁判、実刑という不幸がありながらも、指を切られないで済み、そして数十年後に神原喜代美に復讐するという希望。

人生には手放しで〝幸せだ〟とか〝不幸だ〟とか言える時期は少ない。〝幸せ〟

と〝不幸せ〟は両極端のようで表裏一体、合わせ持ったものだ。こうなった今だから、はっきりとわかった。不幸だけだと生きていけない。辛すぎるから。満足だけだと生きていけない。そこに希望がないから。

1 mm

オレは警察に全てを話した。最初は若い警官が出たが、電話を代わると言って、年配の警官に代わった。

「ストーカーをしていて、邪魔な男がいたから殺した」と言うと、住所を聞かれた。その時「こっちから出頭したいが、都合でそっちに行けないから迎えに来てくれ」と言った。

「自首を選んだんだね。飢え死にを選んだら、肝臓と腎臓を売るつもりだったんだ……。私の国の方が高く売れるからさ〜。どっちにしろ私の勝ち！　あんたは負けたんだよ！」

神原喜代美はオレの腹部を蹴った。何度蹴られても、蹴られ慣れることはない……。

「あんたは負けたんだよ！　ストーカーとして負けたんだよ!!　計画性も組織性も実行力も発想力も足りなかったんだよ!!　自分で計算出来てるみたいな顔しやがって、私が支配した!!　あんたは私を支配することが出来なかった!!　わかってるのかよ!!」

神原喜代美は、何度も何度もオレの体を蹴る。苦痛は耐え難いものだったが、肩までの髪を振り乱す神原喜代美を美しいと思った。不思議な感覚だった。神原喜代美は息が切れると、オレの足の切り口を踏み付けた。この世の痛みとは思えなかった。

「私を支配するという、あんたの願いは叶わなかった。一生……この先ずっと……永遠に……あんたは死んでも尚、負け続ける……。私を支配出来なかった想いを抱えながら、一生、生き続ける」

……果たして、そうだろうか？　神原喜代美はオレの執念を知らない……。

ガスマスクの男達が『かごめかごめ』を歌い出した。その歌に乗っかるように、神原喜代美が低い声で……まるで誰かが乗り移ったように、ゆっくりと喋り出した。

「無能。欲望を抱えながらにして、その方法論を見出せない無能。ストーカーという下劣な行為にして、世の中でも指折りの高度な技術がいる行為に、容易に踏み込んだ低能な鬼…」

神原喜代美はオレの足の切り口を強く踏む。オレの声は勝手に漏れる。

息苦しい。

強く強く、ガスマスクの男達はオレの上半身を押さえ付けている。

「出所してから、私のことを追うつもりなの？」

声のトーンをより低くして、顔を近付けてきた。オレの言ったことは聞こえないと言ったのに、オレの考えていることは透けて見えているのだろうか。

神原喜代美はオレのアゴを右手で押さえている。神原喜代美の指先がオレの血で染まる。

「それは無理な話だよ…。だって私とは二度と会えない」

神原喜代美の唇がオレの唇に付きそうだった。１㎜も離れていなかった。触れたかった。神原喜代美の唇に、オレの唇を触れさせたかった。こんなことをされても尚、オレは神原喜代美を求めている。

後ろの正面だ〜れ

「……じゃね〜、楽しかったよ」

神原喜代美はオレから離れた。

唇が触れることはなかった。口には出せなかったが、オレは心底、神原喜代美を求めた。

神原喜代美が去って行く。部屋から出て行くと、もう一生会えないという思いで、涙が溢れ出てきた。続いてガスマスクの男達も部屋から全員出て行った。

オレは1人にされた。

もう一度だけ、もう一度だけ、神原喜代美に会いたいと思った……。これは恋だと思った。もう二度と会えないと、神原喜代美に言われた言葉を思い出して、また涙が溢れてきた。人生の中で、こんなに嗚咽したことはなかった。もう一度だけ、もう一度だけ、神原喜代美に会いたいと、強く強く思った。

「戻って来てくれぇ、頼むぅ、戻って来てくれぇぇぇ！」

何の反応もなかった。辺りは静まり返っていた……。

オレはタクシーを呼んだ。右手が使えないので、左肩に受話機を乗せたまま、左手でボタンを押した。体調が悪くて、部屋まで迎えに来てくれと伝えた。1秒でも早く迎えに来られるタクシーを寄越してくれと伝えた。神原喜代美に何を言ってるかわからないと指摘されたことを思い出して、はっきりと相手に伝えた。電話口の人間は命の危機と感じたのか、早急に向かわせると言った。

オレは泣きっ放しだった。鼻水も涙もヨダレも、1つの液体になって混ざり合っているのだろう。オレの頬には、口紅と血で染まった赤い涙が流れているのだろうか？

オレは鬼だ！　いや、心に鬼を飼っていた人間だ！　いや、人間の心を持ち合わせた鬼だ！　この世に生まれ落ちてはいけない、落ちるべきではない鬼だ！　オレは高井真郷を殺し、解体し、オレ自身の両足を切断され、歯を抜かれても、まだ神原喜代美に恋心を抱き、会いたいと執着し、欲求を貪ろうとしている鬼だ！　肉体を捨て、欲求の塊になった錯覚さえする。世の中の全ての欲求をまるで独り占めしているような罪悪感を感じる。

もう、自分で自分の気持ちがわからない、コントロールも判断も出来ない……。

オレは警察にも電話をした。

「待ってくれ！　もう少しだけ捕まえに来るの待ってくれ！　逃げない、逃げないから、頼むぅぅぅぅぅ」

オレは一方的に電話を切った。呼び鈴が連打された。

「タナベ交通です！」

5分も経っていなかった。家の近くに大通りが走っているから、たまたまそこを通っていたタクシーが無線で至急向かうよう言われたのだろう。110番よりよっぽど柔軟に対応している。助かったと思った。オレは力を振り絞るように、「玄関を開けてくれ」と叫んだ。

玄関まで這うには、左手1本だと困難だった。オレはまたしても力を振り絞った。こめかみの血管に血が集まるのがわかった。頭が割れそうだ。右手を背中から思いきり引き剥がした。背中の皮肉が剥がれたのがわかった。

肉が空気に触れて激痛が走った。オレは短い呻き声を立てたが、そんなことに構っていられなかった。

「……失礼します…」

タクシーの運転手らしき人間は弱々しい声を発した。

「こっちぃ、こっちだぁ！」

オレは玄関に向かって這った。靴を脱いでいる擦れた音が聞こえた。オレは1歩でも運転手に近付こうと床を這う。

「何をやっている？」

突然、別の男らしき威圧的な声が聞こえた。警察だろうか。

「……呼ばれまして…」

さっきのタクシーの運転手らしき男が答える。

すると、すぐにタクシーの運転手が中に入ってきてキョロキョロした。オレと目が合うと、タクシーの運転手は後方に倒れ込み、声にならない声を上げた。オレは背中から剥がした右手を運転手に伸ばした。

「早く、早くオレを連れて行ってくれぇ…」

語尾が掠れた。伝わっていないかと思い、もう一度叫ぼうとした時、2人の警官が中に入って来た。

オレの視界は真っ白になった。気を失いそうになっている。オレの口から発しているが、他の誰かが言っているような感じだった。

「待ってくれぇぇ、待ってくれぇぇぇ、待ってくれぇぇ、待ってくれぇぇぇぇぇぇぇぇ」

警官が2人向かって来た。オレは体を反転させようとした。

「待ってくれぇぇぇぇぇぇぇぇ、待ってくれぇぇぇぇぇぇぇぇ、待ってくれぇぇぇぇぇぇぇぇ、ひとめ……」

風森ドミトリー
覆面作家として活動するノンフィクション作家・風森ドミトリーは、ルポルタージュ『存在しない貴方に愛を送る』で95万部を売り上げた。
この作品は、定年した警察関係者への取材に基づいて執筆された。この事件は発生当時、テレビのワイドショーでも注目を浴びたが、不可解な点が多く、警察が公開した情報も少なかった為、いつしか世間から忘れ去られた。この作品はその明かされなかった事件の真実を描くという触れ込みもあって、ベストセラーとなった。


犯人Aは一般女性Bに好意を持ち、ストーカー行為を始める。

偶然にもBに好意を持った男Cも、Bにストーカー行為を始める。

Cを邪魔に思ったAは、Cを部屋に呼び寄せ、殺害。

遺体をトイレに流したり、自分で食すなどして処理。

Aの異常行為はそれだけに留まらず、Bの部屋に侵入し、バラバラにしたCの肉や骨をトイレに流した。

Aは自ら警察に電話を掛け、自首。

交番勤務の警察官が家に駆け付けた時、Aは両足を切断しており、床を這っている状態だった。

警察官がAの身柄を確保しようとするとAは抵抗。

後日、Aの部屋を捜索したところ、人間の肉片を使ったとみられる料理を発見。

鑑定の結果、肉片から検出されたDNAはAのものと一致。

Aは両足を切断し、その肉を調理して食そうとしたとみられるが、Aは自分の歯を全て抜いていたという不可解な点があった。

その理由は黙秘。

のちの証言によると、タクシー会社に電話をして、どこかに逃亡しようとした計画もあった。

電話を受けた人間の証言によると、Aは体調が悪いと叫んでいたという。

逃亡を図ったものと思われるが、自ら110番通報をしているので、その行動もまた真意はわからない。

Aの血液からは強力な睡眠薬の成分が検出されており、Aはその副作用で錯乱状態に陥ったものとみられる。

逮捕後、興奮状態は続いたが、のちにAは少しずつ語り出した。

Bを監禁して、自分の思うようにしたかったと供述。

警察はBの行方を追ったものの、該当する人物を発見することは出来なかった。

ここでBを青山則子（仮名）と名付けることにする。

青山則子という名前の女性は日本の戸籍上、全国に2人しか存在しなかった（本名はもう少し珍しい）。

1人は青森県に住む79歳の女性。

人生で数回しか旅行で県外に出たことがない。

もう1人は香川県に住む5歳の女の子。

Aが証言する20代の女性に当てはまらなかった。

警察は青山則子の部屋を捜索するも、部屋には家財道具などは何もなかった。

部屋からは女性の毛髪と指紋、また複数の男性の毛髪が見つかったが、突然、警察は精神鑑定の結果、Aは統合失調症と診断されたため不起訴、捜査は打ち切りと発表した。

つまり言い換えれば、青山則子はAの作り上げた妄想だと警察は判断したのである。

しかし、警察の中では「毛髪などの証拠が存在する以上、青山則子は実在の人物である（外国人を含む）」という意見が多数を占めていた。

青山則子が存在するのは明白であった。

風森の出版した本は事件のルポルタージュであるとともに、統制が取れずに真相を解明することが出来なかった警察組織を批判した作品としても注目を集めた。

風森に情報を与えたのは、青山則子は存在すると最後まで主張していた警察官だった。

この定年退職をした警官も含め、青山則子の存在を主張していた者は、次々と重要任務から降ろされたと語った。

青山則子は存在しないという派閥は、存在しない根拠を十分に示すことなく、青山則子の存在を主張した者達を潰していったのである。

青山則子が発見されるのは警察にとって不都合なことであり、その為、自分達は捜査から遠ざけられたと、この警官は言った。

最後に警察ＯＢは、この国は何かを抱えていると言った。

その「何か」が表面化しようとしたのがこの事件であり、また青山則子は決して明かされてはならないその「何か」の象徴であったがゆえに、全ては隠ぺいされてしまったのではないかと結んだ。

Ａは現在、病院で入院療養中であり、うわ言のようにただただ青山則子（仮名）の名を呼んでいるという。

この国は何かを抱えている……。

…………………………………………神原喜代美いいいい……………………………………

抵抗編　完

降伏編

屈服

世界の時が止まったかのような静けさだった。

神原喜代美の目から、感情を読み取ることが出来なかった。氷のように硬く冷たかった。神原喜代美は、何の感情も挟まずに喋り始めた。

「じゃ、答えを聞くよ。あなたは私の生まれた土地に来て、そこで一生を終える。〝ハイ〟なら首を縦に1回動かして。〝イイエ〟なら首を横に振って」

神原喜代美の冷たい目とは裏腹に、声はとても優しかった。何の感情も入っていないだろうが、さっきまでの威圧的な喋りはどこかにいっていた。事務的でもあり、どこか諭すようでもあった。

頭はボーッとしているが、オレの答えは決まっていた。

こんな状態のまま抵抗出来る訳がない。この先どうなるかわからないが、こうなったらとことん神原喜代美に乗ろうと思う。神原喜代美に関わったオレの運命だ。もしこの先、神原喜代美に殺されることがあっても、神原喜代美を求めて殺されるなら本望だ。

「答えて！」

オレは出来る限り、力強く首を縦に動かした。神原喜代美は口角を少し上げた。

「……もう一度、聞きます。あなたは私の生まれた土地に住みますか？」

オレは躊躇なく首を縦に動かした。全てあなたに従いますという気持ちを込めて、二度、三度、首を縦に動かした。


「…………………ハハッ…………ハハ…………………アハハハハハハハハハ
ハハ、私の勝ちだね！」

従うと決めたはずなのに、オレは何が起こるかわからない恐怖に包まれた。

「ようこそ！　鬼虐めの世界へ!!」

神原喜代美はイタズラっ子のように笑い、両手を広げた。ガスマスクの人間達は各々マスクを脱いだ。今起こっていることが現実に起きているような気がしなかった。中の1人に神原喜代美の彼氏がいた。オレがその男をジッと見ていたのに気付いたのか、その男の方から「喜代美の兄です」と手を差し伸べてきた。

「ごめん、ごめん。縛られたままだと握手出来ないね」

と言い、神原喜代美の兄は笑った。

兄？

ガスマスクを脱いだ男の1人が、縛られた腕を自由にする。足に捲かれている紐はガスマスクの男と一緒に自分でも外そうとした。

「これ捲いたの誰？　ツダさん？」

「血が騒いだからさ」と低い声の男がボソボソと言うと、オレ以外の全員が笑った。

オレは自由になったが、わからないことだらけだった。今、小刻みに震えているのは、この先どうなるかわからないことに対しての恐怖だった。

「もう震えなくていいよ」と神原喜代美は言うが、オレは神原喜代美を信用していなかった。出来るわけがなかった。自由になると、「助かりたい」という欲が湧き、小刻みな震えとなって表れているのだろう、と思った。

「車回してよ〜」

神原喜代美がガスマスクをかぶっていた1人に言う。その男は、まだ顔にあどけなさが残る。

「私は明日会社に行って、長期休暇を貰ってくるから、それから合流！」

ガスマスクの男達の動きが慌ただしくなった。

「ちょっと待ってください……どこへ…」

オレは不安しかなかった。

「う〜ん、行けばわかるよ。途中で誰かに聞いて」

有無を言わせない言い方だった。

「テッちゃんとアガワさんとヨシさんは残るでしょ？　明日、連れて行って〜」

神原喜代美はどこか面倒臭そうに言った。

「有給貰えなかったら、あの会社辞めてもいいんだけどね」

と独り言を言っていたと思ったら、急にオレの方を見た。

「ハンシュウ」

「ハンシュウ？」

「私の生まれた土地」

「そこで何を？」

「だからあとで誰かに聞いて！　ツダさん、お願い！」

ツダという男は「うん」とだけ言った。ツダは体の大きな男だった。上半身が鍛え上げられていて、体が逆三角形になっていた。〝気を付け〟をしても、体に腕がピッタリ付かないだろう。

「じゃ、行こうか！」

ツダは低い声でオレに言い、手を差し出した。オレは今さら何を疑っても仕方がないので、その手に掴まった。

神原喜代美は「じゃ、明日ね」と言い、男3人を連れ、部屋から出て行った。

「今、車来るから」

と神原喜代美の兄が言う。

「もう二度とここには戻って来ないから、必要なものがあったら持って行きなよ」

と40代半ばのカガワと呼ばれる男が言う。

必要なもの……。オレに必要なものがあるだろうか？　何もない。こんなおぞましい場所から持っていくものなんて何もない。今まで神原喜代美を追うことに執着していたが、それがなくなった今となっては、胸にポッカリと穴が空いたみたいに全てがどうでも良くなっていた。

「何も、ないです…」

「うん、身1つでいいよ。必要なものはうちの国に何でもある」

と神原喜代美の兄が言った。

「クニ？」

「うん、ハンシュウ」

「ハンシュウ？　っていう国なんですか？」

「とりあえず行こうか」

わからないことだらけだった。「好きにしてくれ」という気持ちと同時に、ほんの少し、ほんの少しだけ今から逃げようかと思ったが、神原喜代美が言っていた言葉を思い出した。

——高井真郷のこと知ってるよ——

逃げ切れる訳がない。一度は神原喜代美に全部乗ろうと決めたのに、気持ちが揺らぐ自分に少し腹が立った。

先頭にツダ、後ろ2人は神原喜代美の兄とカガワがいた。

アパートの前にはワゴン車がもう着いていた。「前に乗って」と、ツダがワゴン車のドアを開けて待っている。恐る恐る乗り込むと、あとから神原喜代美の兄とカガワが乗り込んできて、後部座席に座った。

「念のために…」と真後ろに座っている神原喜代美の兄が言い出した。

「座席の後ろに包丁を当てとくね」

オレは何も言えなかった。神原喜代美の兄は端整な顔立ちをしていて、俳優にいてもおかしくない容姿だった。包丁を当てている異常行動とは裏腹に、物腰が柔らかい言い方だった。

「別にもう、おかしなことしないよな?」

と、その隣のツダが言う。

「サトシ、運転疲れたら言って! オレ、代わるからさ」

と、斜め後ろに座っているカガワが言う。

「そんなこと言って、いつもカガワさん寝るじゃないですか!」

と運転手のサトシと呼ばれる男が言うと、神原喜代美の兄とツダが笑う。

まるで、キャンプにでも行く車に乗り合わせたかのようであった。さっきまでガスマスクをかぶっていた男達とは思えない会話だった。しかし、後ろには包丁を立てている人間がいる。

車が動き出した……。

「3時間半掛かるから、寝ててもいいよ」

とツダが言った。オレは何も言わなかった。

「あっ、どっちにしろ」

と言い、ツダはポケットの中から錠剤を出した。

「場所知られたくないから、あとで睡眠薬飲んで貰うからさ」

オレに錠剤を見せる。

「場所？」

「うん、ハンシュウの！　強い睡眠薬だから、4分の1錠でいいかも」

まだコイツらのことは信用していないが、包丁を突き付けられていては飲まざるを得ないだろう。オレは湧いてくる疑問を勇気を出して聞いてみた。

「その、ハンシュウって何なんですか？　国だとか何だとか」

「そう、国！　T県のN市って言えばいいかな？　そこが一番近い」

言っていることがよくわからなかった。

「T県のN市はわかりますが、そこはその、国内っていうか、海を渡ってないじゃないですか？」

「うん、渡らない。でもあそこら辺にハンシュウっていう国があるの」

オレは言っている意味がさっぱりわからなかった。

「う～ん、そうだよね。意味がわからないよね？　簡単な話、日本の中に独立国家があるの」

「え？」

「ハンシュウだけじゃないですよ！」

と運転手のサトシが得意気に話した。

「A県T市付近、S県K市の辺りにも独立国家があるんですよ！」

到底、信じられない話だった。百歩譲って「ハンシュウ」を信じたとしても、日本の中にいくつも独立国家があるとは思えなかった。しかし、サトシが嘘を言っているようにも思えなかった。

「……そんな話、聞いたことない……ですよ…」

「そりゃそうでしょ～、日本の恥だもん！　独立を許したとなると、メンツが立たない」

と今度はカガワが楽しげに喋る。なぜ、コイツらは楽しく喋れるのだろう？

「何でそんなことが、許されるんですか？」

今度はツダが言う。

「核兵器を保有しているからだよ！」

そんな話があるのだろうか？　オレはまだコイツらを完全には信用していない。オレを洗脳しようとする嘘なのだろうか？

「核兵器さえ持っていれば、今の日本ならすぐに独立出来るんだよ。日本はもう国として機能していない」

話がでかすぎてよくわからない。紙に火を点けると燃える、水に浸かると濡れる、というような当たり前の言い方をする。オレはとんでもない面倒なものに巻き込まれたのかもしれない。途方もない脱力感を味わった。

「まぁ、そこら辺は後々知っていけばいいと思うよ」

とカガワが言った。確かに何から聞いていいのかよくわからない。

「言っておくけど」と後部座席の神原喜代美の兄が突然喋り出した。

「あとで睡眠薬を飲んで貰うけど、外から入って来る人間に入り口を見られたくない訳じゃないからね。一度入った人間が外に出られないように、入り口を隠す為だからね」

　オレは何と言ったらいいかわからず、独り言のように「そうですか」と言った。何が起こるかわからないが、核の話、独立の話を聞くと、さっき味わった脱力感で、逃げようという気持ちが薄れてきた。

　それよりも気になるのは、自分の身の行く末だった。もしオレが「神原喜代美の生まれた土地に住まない」と言っていたら、どうなっていたのだろう？

「もし、もしオレが首を横に振っていたら、どうなっていたんですか？」

　オレは自然に声が小さくなった。その質問にはサトシが答えた。

「う〜ん、飢え死にか、惨殺か、警察に高井真郷のことを言っていたでしょうね〜」

「ヘマばっかりする、お前が言うな！」

　とカガワが言うと、オレ以外の皆が笑った。

「いや、でも足は切っていたでしょうね」

「まぁ、それはそうか。オレちょっとやってみたかったんだけどね」

と神原喜代美の兄が言う。

「でもガスバーナーってホントに骨まで切れるんですかね？」

とサトシが言う。

「わからない。オレやったことないからさ。首を横に振ったら、両足の長さバラバラに切ってましたよ」

と神原喜代美の兄は笑いながら言う。

「……足を切るんですか？」

「うん、バラバラの長さにするのは、慣れても自分で出歩けないようにする為」

……そんなことが本当に出来るのだろうか？　確かにガスバーナーで肉を切れば皮膚が焦げて血が出ないと聞いたことがある。

オレを洗脳させようとしているのだろうか。コイツらの物腰の柔らかい話し方と会話の内容がアンバランスで、いまいちピンとこなかった。

「もうやってるってことないですよね？」

とサトシが心配そうに言った。

「シイさんでしょ？　補充がなかったらやらないでしょ？　いや、わからない。今回は久々に立て続けだからね。今日、終わってるかも」

とツダが言う。何をどう質問したらいいのかわからないので、オレは黙っていた。カガワと神原喜代美の兄は小声で「ちょっと眠って貰う？」と言っていた。多分、オレのことだろう。何かオレに聞かれたくないことがあるのかと直感で思った。眠る前に1つだけ確かめなければならないことがあった。

「オレは」と言い、皆の注目を集めた。

「何で、助かるんですか？」

「ハンシュウは日本の法律が及ばないから」

とツダが言った。

ハンシュウ

鈍い頭痛と共に起きた。鼻に突いたのは、木の匂いだった。木の匂いと言っても、その家その家が持つ独特の生活臭で、嫌悪感を与えるものではなかった。長年蓄積したものがこの家を支配している。オレは羽毛の掛け布団にくるまって寝ていた。

布団でしっかり寝たのは久々だった。ふと天井を見ると、木目調の模様の1つが大きな目に見えた。その瞬間、恐怖に襲われ、良からぬことを考えたが、何1つ現実を動かせる力と気持ちを持ち合わせていないことに気付き、またしても脱力感に陥った。今なら、蛇に呑まれても構わないと思った。

鈍い頭痛は睡眠薬のせいだろうか。それとも本当は睡眠薬ではなく、得体の知れない何かで体に拒否反応が出ているのだろうか。体のことに関しては少し不安になったが、今となってはどうすることも出来ないので、しばらく様子を見る他なかった。

窓の外を見てみた。オレのいるところは2階だった。どうやら丘の上にこの家は建っている。現代風の家があれば、藁葺き屋根の家もある。土地に余裕があるのか、家と家の間隔は広い。これから蕾を付けるであろう桜の木が見え、枯れきれないススキが萎びて、風に揺れている。のどかな景色だった。

……ここがハンシュウ。

日本のどこにでもある田舎の風景だった。どこからかスズメが騒いでいる声が聞こえる。太陽は白く輝いていた。太陽の光る色を見ると、昼は過ぎている。部屋の掛け時計を見ると、午後2時半を少し回ったところだった。理解出来ないことが多いので、部屋の外に出るのは少し怖かったが、意を決し、ドアを開けて廊下に出た。薄暗く冷たい空気が廊下を支配していた。下から誰かの話し声が聞こえる。遠慮をしながら居間のドアを開けると、サトシと神原喜代美の兄が喋っていた。

「おぉ、起きた？」

オレは会釈だけをして入り口に立っていたら、サトシが「座ってください」とソファを数回叩いた。

「喜代美は、今晩か明日の朝来ると思うよ」

と神原喜代美の兄が言った。オレは聞こえるか聞こえないかわからない声で「そうですか」と言った。来たところで何を喋ればいいかわからなかった。どちらかと言うと、どんな顔をして神原喜代美に会えばいいかわからなかった。オレはただ疑問に思ったことを口に出してみた。

「オレはどうしたらいいんですか？」

「特に何もすることないよ。『かごめ』になるまでは、ゆっくりしてて」

神原喜代美の兄は自分の知っている情報を、相手も知っているかのように話す。

神原喜代美の兄以外の人達も皆そうだった。蛇に呑まれ、角の生えたカラスについばまれたとしても、1つ1つ質問して理解してから死にたい。

「その、『かごめ』っていうのは何ですか？」

「この土地に伝わる風習みたいなものかな……。『かごめかごめ』の歌は知ってるでしょ？」

オレの家にコイツらが上がり込んできた時、全員で歌っていた……。

「元々、この土地が『かごめかごめ』の発祥の地なんだよ」

神原喜代美の兄は、それだけ言うとオレの目を見た。オレは「そうですか…」としか言えなかった。

「どうでした？　オレらの『かごめ』は？」

サトシが何の邪心もない笑顔で言う。

「お前ヘマしてるじゃねぇかよ」

神原喜代美の兄が言うと、サトシは天井に向かって大きな声で笑った。

「オレらの『かごめ』って…」

オレは見当を付けて言ってみた。

「あの……『かごめかごめ』の歌を歌ってた……ことですか？」

「そうです！　ビビりました？」

オレはまだ話の先が見えないので、口ごもるように、「そりゃ…」とだけ言った。

サトシはまた天井に向かって笑った。

「この国は犯罪者の集まりなんだよ」

と神原喜代美の兄がサトシの笑いを切るように言った。

情報がいくつも入って来るので、一旦頭の中でまとめてから質問しなくてはならない。

「『かごめかごめ』と犯罪者の集団とどういう関係があるんですか？　そもそも犯罪者の集まりって何ですか？」

神原喜代美の兄は唸りながら、少しの間黙った。

「う～ん、オレらは子供の頃からここにいて、当たり前になってるから、知らない人に説明するのは、う～ん、難しいけど…」

オレは相槌を打たないで、神原喜代美の兄をジッと見た。

「要はこのハンシュウという国は、日本の法律が及ばないところなんだ。独立国家だからね。この土地は日本で罪を犯した人が逃げ込んでくる場所なんだ……」

オレはどこまで信じていいか、慎重に吟味する必要があると思った。

「……そんな犯罪者ばかり集まって来たら治安が悪くなる……」

「ならない！」

神原喜代美の兄は言い切った。

「全員が警察なんですよ」

とサトシが笑顔で言う。

「ちょっと待て！　説明が雑だな……」

と神原喜代美の兄が訂正しようとする。

「罪を犯している人間ばかりだから、他に行くところがないんだ。もちろん、罪を犯していない人間もいる。オレやサトシ、喜代美なんかは犯罪者じゃない！」

「じゃ一体……」

「犯罪者の子供だよ！」

と神原喜代美の兄は宙に向かって喋っていたのに、急にオレの方を見た。

「つまり、オレらのオヤジやオフクロが日本で罪を犯している。うちはオヤジだよ

「……」

外の風が窓ガラスを叩いた。

「何の？」

「一家監禁惨殺事件」

示し合わせたかのように、風がまたしても窓ガラスを叩いた。

囲め囲め

「まぁ、それは複雑な話だから。今話すと説明が訳わからなくなると思うから、置いておいて、えっと、どこまで話したっけ？」

「全員が警察」

「そうそう、つまりそんなヤツばっかり集まっているから、ここで嫌われたらもう行く場所がないんだよ。どんな犯罪者も、ここでは人に対して丁寧に接しなければならない」

「ちょっといいですか？」

と、オレは神原喜代美の兄を制するように言った。

「そんなことだけで、抑止力になるとは思えないんですけど」

「最初に言ったことと覚えてる？」

最初に言ったことと言われても、何のことかわからなかった。

「ここは『かごめかごめ』の発祥の地…」

そう言われてもオレはピンとこなかった。しっくりこない顔をしていたのだろう。

神原喜代美の兄はもう一度「う～ん」と唸り出した。

「『かごめかごめ』はやったことあるよね？　あの真ん中は『鬼』と呼ばれる人でしょ？　う～ん、全部説明しなきゃわからないよなぁ」

と神原喜代美の兄はまた宙を向く。

「あの歌は死刑執行を歌ってるんだ」

サトシが間髪入れずに会話に入ってきた。

「『かごめかごめ』は『囲め囲め』が訛ったものなんだよ」

と、サトシが得意気に話す。

「歌の始まりのきっかけで『囲め』と言っているもの。『籠の中のとり』は牢屋に入った罪人の意味…」

オレは頭の中で歌を反芻《はんすう》した。

サトシが、〝いついつでやる〟と口ずさむ。

「いつこの牢屋から出られるのだろう」

〝夜明けの晩に〜〟と歌うが、サトシはあまり歌が上手くなく、音程を外す。

「明け方。死刑執行の時間」

〝鶴と亀が滑った〜〟と歌いながら、サトシは自分が音程を間違えていると気付き、笑った。

「鶴と亀。縁起のいいもの、長寿のもの2つが滑るということは、死刑を意味する…」

サトシは、神原喜代美の兄が説明するのを待って歌い出した。

〝後ろの正面だ〜れ〟

神原喜代美の兄は溜めて言った。

「死刑を執行したのは誰だ？」

神原喜代美の兄はそれだけ言うと、もう一度押し黙った。

「もしくは後ろで、陰に隠れて指揮を執ったのは誰だ？」

神原喜代美の兄は黙ってオレを見た。サトシは笑いながらこっちを見ていた。オレは何から喋ればいいのかわからなかった。どこかで何となく聞いたことがあるが、きちんと意味を説明されたのは初めてだった。

「それがどう…」

喋っている途中にサトシが会話を止めるように言った。

「実際に行われているんですよ！」

「え？」

「かごめかごめが！」

「つまり…」と言って神原喜代美の兄がサトシの会話を受け取った。

「日本で罪を犯した、他に行く当てもない人間はここハンシュウでまた犯罪者や住人に嫌われる人間になったら、『かごめかごめ』という風習によって殺される」

「その意味こそ、全員が警察！」

とサトシが言い切った。

「全員が警察であり、裁判員であり、看守であり、死刑執行人なんだよ」

「そんなことが、この現代に」

「独立してるからね。日本とは違う歩みをしてるんだよ。たとえば、アフリカの方では、いまだに皆で石を投げる死刑の方法があるとか聞いたことあるでしょ？　不思議だとは思うけど、違う文化だからあり得るかもなって思うじゃん？　多分、それと一緒だよ！」

オレはやっと自分を棚に上げていることに気付いた。

「それはつまり……オレに」

と言葉に詰まった。自分で自分の罪を言いにくかった。

「あんたは高井真郷を殺している。ハンシュウでは罪に問われないが、ここから出て日本に戻れば殺人罪に問われる」

「ここでもし罪を犯せば…」

「殺される」

と神原喜代美の兄は至極、当然のように言った。

「どうやって？」

と質問したところで、さっきから質問ばかりしているなと我に返った。

「その時々の指揮する人間によって違う。簡単に言えば、日本であんたにやったように『かごめ』をやる」

ここに来てやっと線になったのは、神原喜代美がオレのことを「鬼」と呼んでいたことだった。何でそんな簡単なことが、すぐに理解出来なかったのだろう？

「元々はこの地域の風俗、いや宗教的儀式と言っていいだろうな、それを真似したのがこの土地の子供だったんだ。今では、まぁオレの子供の時からそうだけど……怪奇的な……何というか、真ん中の鬼に霊を憑依させて本物の鬼にするっていう遊びを超えた儀式を全員信じているんだ」

全てを納得出来るかと言われれば、信じきれない部分がまだまだ沢山あるが、「わかった」としなければ話が先に進まない。とにかく浮かんできた疑問を次々と質問しなければ忘れてしまうと思い、すぐ違う話に切り替えた。

「お兄さんがオレに対して『かごめかごめ』をやっている時に日本の警察が動かなかった、もしくは誰も通報しなかった理由って何ですか？」

「ハンシュウの人間だと言ったからだよ。その証明書もいつも持っている」

「でも、だからと言って、日本では日本の法律だからハンシュウの人間と言ってもオレは日本の法律で守られるでしょ？」

「ハンシュウの人間は取り締まってはいけないという取り決めがあるんだよ。それは警察にたずさわる人間なら誰もが知っている。ハンシュウという独立国家があるということも知っている。ただし、守秘義務違反になるから家族にも喋れないけどね」

オレは黙って聞くしかなかった。

「だけど町交番の警察は、なぜ取り締まってはいけないかは知らない。知っているのは警察の上層部だけ…」

「ちなみに通報はされていましたよ。オレが警察にハンシュウの証明書を見せましたもん」

サトシが屈託のない顔で言った。マンションの下で見張られていた時、警察が来てもすぐに帰って行った場面を思い出した。

「日本の警察にとって、オレらハンシュウの人間には利点があるんだよ」

「利点？」

「治安国家でなるべく凶悪犯を出したくないんだよ」

「……何の為に？」

「〝警察は何をしているんだ〟という世論のバッシングを防ぐ為」

「……もう少し説明をください」

「事件が起こらないことが治安を維持出来ている何よりの証拠なんだ。警察の役割は、罪を犯した犯人を捕まえること。それは同時に〝警察の力はすごいから罪を犯さないようにしよう〟と国民が思うという抑止力に繋がる。抑止力は警察の力だ。警察にとって犯罪の数が少なければ少ない程、データ上、治安を維持出来ている証拠になる。上層部の欲しい数字はこれなんだ。事件が発覚しなければいい。ハンシュウの人間は犯罪者しか『かごめかごめ』の鬼に仕立てない。警察の利点はここにある。事件が大きかろうが小さかろうが、日本の警察はオレ達にノータッチだ。オレらが関われば、事件自体がなかったことになるからね」

「最初からオレが高井真郷を殺していたのを知っていたと？」

「最初からじゃない。いろいろあるけど今は省く。最初のターゲットは君じゃなくて高井真郷だった。高井真郷が急にいなくなったと思ったら、君がストーカーしていたからびっくりしたよ。オレは高井真郷の部屋をマークしてた時だったから、訳がわからなかった」

「え？」

とオレは声を上げた。

「うん、まぁ」

と言い切られた話を戻す。

「とにかく、オレらは事件が明るみになる前に消す。もしくはハンシュウに亡命させる。警察にとって凶悪犯がハンシュウの人間に殺されるか、ハンシュウに連れて行かれれば第2の犯行を起こす心配がなくなるからね」

「でも」

と言い、オレは頭の中で質問をまとめた。

「犯罪者を殺すならわかる。『かごめかごめ』の風習を今でもやる文化も理解するとしよう。でも、犯罪者をここに連れて来る利点は何もないでしょう？」

とオレは知らず知らずのうちに興奮し、敬語を使うのを忘れていた。神原喜代美の兄は、何かを悟ったように言った。

「『かごめかごめ』で人口が減る……」

オレは一度噛み砕こうとしたが、咀嚼《そしゃく》しきれなかった。

「減ったからって何なんですか？」

「人は必ず人を嫌う。どんなところに行ってもだ。逆に人に嫌われたくないから、先に嫌ってしまうこともある。ここではその法則に則《のっと》ったとしたら、時間が経つにつれ人がいなくなる。次は自分の番かもしれないと思う人が増える。そうなるとハンシュウは安定しなくなる。たとえ話をしようか？」

質問をされなくても聞いているので、どんどん話を進めて欲しいと思った。

「5人いるとする。1人を嫌い死刑執行にする。残りは4人。また1人嫌い死刑執行する。残りは3人。自分の確率は3分の1。5人いた時は20％だったのに3人になったら33％に上がる。だから…」

もうオレは答えられた。

「外から連れて来る…」

「そういうこと！」

と突然サトシが勝ち誇ったように言った。神原喜代美の兄が「いいところは持っていくな」と笑った。

玄関のドアを開ける音がする。２人は何も気にしていない。神原喜代美の兄は続けて喋った。

「ハンシュウでは嫌われて処刑されるヤツはいくらでもいるが、罪を犯すヤツは滅多にいない。今、誰かドアを開けたが、ハンシュウでは家の鍵を閉めているヤツはほとんどいないんだ」

部屋のドアを開けたのはカガワだった。開けた瞬間に、カガワは「わかったよ」と大声で言った。

「明日行われるみたいだよ！　オレよくわからない人だった。スギノ堂区の持谷さんっていう人みたい。シイさんは昨日終わったって」

とカガワは今得たであろう情報を捲し立てるように喋った。

「持谷…」

と復唱しながら、頭の中で接点があったかどうかを神原喜代美の兄が確かめているようだった。

「……知らないなぁ。ただの小競り合いだろ？　だからうちに誰か連れて来いって言ったのか…」

と神原喜代美の兄は独り言のように言った。神原喜代美の兄は、喋りが理路整然としていて、人をまとめる力を持っている。サトシとカガワの対応を見ても慕われているのがわかる。何を聞いても、オレが思っている以上の答えを用意している。あくまでも直感的ではあるが、オレはこの男に到底敵わないと、本能的に感じさせる何かがあった。

「オヤジに対する反逆者じゃないなら、明日のかごめは楽しもう！」

オレは、口を挟んでいいのかわからなかったので黙っていた。

「じゃ、前夜祭で今夜は飲みましょう」

とサトシが言った。

「調子いいな、サトシは」

とカガワが言うと、神原喜代美の兄は苦笑いをしながら「しょうがねぇなぁ」と呟いた。

支配

サトシは「今夜飲もう」と言ったが、宴はその後、すぐ始まった。サトシは冷蔵庫に行って、数種類の酒を持って来た。ビールや焼酎、割りものなどは日本でも見たことがある銘柄なので、ここが日本じゃないと言われても、まだ違和感がある。オレは酒を嗜《たしな》む程度だが、飲めない体質ではない。カガワは最初から焼酎だった。サトシはビール2杯程で顔を赤くしていた。顔が幼いので、未成年が酒を飲んでいるように見える。神原喜代美の兄は乾きものをつまみながら、ゆっくり飲む。共通の話題がないので、基本的には黙って話を聞き、皆が笑うところで愛想笑いをした。笑い話をしていたので、何となくかごめの話は聞けず、皆の年齢がいくつで何をしているかなどの質問をした。明るいうちに飲む酒は酔う。まだそこまで信用出来る関係を築けていないので、そんなに酔っぱらう訳にはいかなかった。酒を飲むのは久し振りなので、酔いをコントロールするのは大変だった。

神原喜代美の兄は30歳で、この国で核兵器を管理する仕事をしていると言った。オレは驚き、詳しく聞こうと思ったら「それは言えない」と言われた。カガワは

「オレらも知らないんだよ」と笑顔で言った。

「そこまでは言ってもいいんだけどね……。一応、秘密なんだよ」

と申し訳なさそうに言った。

カガワは44歳で運転手をしているという。

「外から輸入した食料を運ぶんだ」

「カガワさん、いつも運転しているから普段運転するの嫌いなんだ」

とサトシが言った。カガワは「そんなことねぇよ」と笑う。

サトシは19歳で、仕事には就いていなかった。神原喜代美の兄がオレに話しかけてきた。

「この国で生きていくなら、何か1つ得意なものとか、出来ることを身に着けた方がいいよ。誰も出来ないことなら、それが仕事になるから」

オレは曖昧に返事をした。まだそこまで考えられなかった。右も左もわからなく、皆目見当も付かない状態なのに、この国の生き方を教えられても、舌がないのに珍味を味わえと言われているようなものだった。

サトシのことを聞いたら、1つ疑問が出来た。

「まだ未成年じゃないの？」

とオレはサトシが持っている酒を指差し、言った。カガワは笑って、「日本の癖が抜けないね」と言った。

「この国では何歳から飲んでもいいんだ〜。そんな決まりごとがないから」

と神原喜代美の兄が言った。

「そういう法律がないんですか？」

「法律自体がない！　唯一の決まりごとは人に嫌われないこと！」

オレはそんなことで国が成り立つのかと疑問に思った。神原喜代美の兄は察したように、

「最悪、殺されるっていうのがあれば、法律はいらないんだ」

と言った。サトシとカガワは「うんうん」と、言葉は発しないが、その言葉を噛み砕いている。しばらくの沈黙があった後、サトシが「つまみ、もうなくなりましたね」と言った。神原喜代美の兄は「台所に行けば、乾きものがまだあると思うよ」と言い、それを聞いたサトシが「イタタタ…」と言った。

「足が痺れちゃって…」と足を押さえている。

サトシは「いいっすか？」とオレの方を見ていた。

最初、意味がわからなかったが、どうやらオレにつまみを取って来いということらしかった。「いいよ」と言い、オレは台所に行った。

冷蔵庫の隣の棚にピーナッツとポテトチップスとビーフジャーキーがあった。オレは引き出しを開けて見てみた。レンゲが5本と果物ナイフとワインオープナーが入っていた。

居間から「わかります？」とサトシの声が聞こえた。オレは「大丈夫です」と言い、居間に戻った。オレは少し躊躇をしたが、さっき神原喜代美の兄が言っていた父親の〝一家惨殺事件〟の話を思い切って聞いてみた。

オレが神原喜代美の兄に聞くと、カガワは「あぁ」と言いながら下を向き、さっきまで浮かれながら喋っていたサトシが黙った。オレはまずいことを聞いたのかと少し心配になっていたら、神原喜代美の兄が、「まぁいいじゃないか…」と、その場を取り繕った。

「オヤジがいつ帰って来るかわからないから、簡単に説明するよ」

オレはその緊迫した空気に、唾を飲み込んだ。

「オヤジはハンシュウに来る前、日本のT県で浄水器を扱う会社を経営していた。まぁ簡単に言えば、粗悪な浄水器を高値で売る詐欺会社だよ。たいして浄水もしていない浄水器を口1つで言いくるめて買わせるんだ。その当時、浄水器など売ってるヤツもいなかったから、買う側も比較することが出来なかったんだろうね。蛇口をひねれば安全な水が出て来ると考えていた時代に売り上げを伸ばしたんだから、たいしたもんだよ」

オレは会話の行方がわからなかった。

「水は生命を維持する根源的なものだから、健康を守ろうと考える主婦を丸め込んだんだ。水自体は見えるが、中身の成分は見えないから、何とでも言える。体の健康だけじゃない。精神的な不安も水で解消出来るって言い張ってたんだから、やりたい放題だ」

「そんな詐欺まがいな品物を売らなきゃならないなんて大変でしょうね…」

と、なぜかオレは語尾が小さくなった。

「そうだろうね……。10人にも満たない小さな会社だから、オヤジに反発出来る人もいない……。というかオヤジに反発出来ない人ばかりを採用していたから、反論を唱える人はいなかったんだろうね」

「でもその10人は詐欺をする仕事とわかっていて詐欺をする人なんだから、気持ちが強いというか、言葉は悪いかもしれないけど、邪《よこしま》な人達ばかりじゃないんですか？」

「逆。オヤジは……自己評価が低い人を見分ける天才だ」

「自己、評価…」とオレは口に出してみた。

「浄水器を売る側に『自分なんて…』と思っている人間を使う。浄水器が売れなかったら、自分の努力が足りないんだと思わせる。そう言い聞かせる。借金をさせて浄水器を購入させるんだ。その中の従業員の1人に実家が土地持ちの女がいた…」

オレはもう一度、唾を飲み込んだ。

「どうやらオヤジは引き際もキレイだったらしい。被害者の会が出来る前に、従業員に借金させて、浄水器を買わすだけ買わせて倒産させたんだ。そして、雲隠れ…」

サトシが「父さんが倒産…」と遠慮気味に駄洒落を言った。空気を察したのか、サトシは「何でもないです」とモゴモゴ言った。

「オヤジは土地持ちの女に求婚して、実家に潜り込んだ。自己評価の低い女だから簡単だったって言ってたよ」

オレは持って来たピーナッツを口に含んだ。

「女の両親も喜んだらしい。オレは実際見てなくて、オヤジからしか聞いてないからね」

自分でピーナッツを口に放ったが、ピーナッツを噛む音がうるさかった。

「そこから支配が始まったんだ」

オレはピーナッツを噛むのをやめた。

「オヤジは一見、人当たりが良く、誠実そうに見える。いい義理の息子を演じられる。嫁ぐ先がないと思っていた娘に、こんなに素晴らしい夫が出来たと義理の父親は思っていたらしい。そこからちょいちょいオヤジは女に難癖をつけ始めた。最初こそはまぁまぁと言っていたが、その難癖は徐々にエスカレートしていった…」

「でも、どのみち親だったら、自分の娘の味方をするんじゃないですか？」

「女の父親の弱味を握ってるんだ。奥さんと娘には絶対に知られたくない弱み……。うちのオヤジは生まれつき口が上手い。多分、父親は人当たりのいい義理の息子が出来たからって、外に飲みにでも連れて行ってポロッと喋ったんだろ？男同士、腹を割ろうみたいなことじゃない？」

「お父さんはそうだったとしても、お母さんが弱味を握られるって…」

「肉体関係じゃない？　これはあくまでオレの勘だよ。オレのオヤジのやりそうなことだ」

オレはもう一度唾を飲み込もうとしたら、口にピーナッツが入っているのを忘れてむせてしまった。カガワが「大丈夫か？」と言って背中をさすってくれた。

「そんな流れなら、両親は手を出せない。手を出せない両親を見て、娘は親を信用出来なくなる。両親は指をくわえて見ているしかない。自分に引け目があるから父親は母親に、母親は父親に相談出来ない。完全に信頼関係が崩れる…」

オレはやっと出した声で、「それで…」と言った。

「オレのオヤジの本当の支配はここから始まる。娘のしでかしたことを娘の父親のせいにするようにした。『出来が悪いのはあんたのせいだ』みたいなこと。オヤジがオレに1つだけ覚えておけと昔、言ってたことがあるんだよ。それが忘れられない」

「お兄さんのオヤジさんが……お兄さんに言ったってことでいいんですか？」

オレが恐る恐る確認すると、神原喜代美の兄は静かに頷いた。

「締め付けるだけでは、人はついてこないって」

オレはいまいち具体的なことが思い付かなかった。

「締めた手綱はたまにゆるめてやらないと、すぐに千切れて使いものにならなくなるって言っていた。その時は、『本当は義理の父親であるあんたと毎日笑って酒を酌み交わしたいのに』と言って泣いたそうだよ。それから『オレも改めるところは改めるし、我慢もする。だからあんた1回ちゃんと土下座して娘のことを謝ってくれ』と言ったそうだ」

話の先が聞きたくて仕方がない。オレは神原喜代美の兄の語尾に重なるように「それで？」と言った。

「したみたいだよ、土下座。そうなると積み上げてきた家族の絆は崩壊だよ。母親も娘もさらに父親を信用しなくなる」

「母親の方も？　自己破壊を？」

「さぁ？　オヤジのことだからさせたんじゃない？　多分、夜の方で『娘に黙って何をしてるんだい？』とか言ってたんじゃないの？　知らないけど。多分、オヤジはアッチの方もすごかったたんじゃない？」

　と言い、神原喜代美の兄は笑った。

「そうやって土地を奪って……殺した？」

「いや、まだ続く。人間を自由自在に扱うには、どうしたらいいと思う？」

　オレは少し考えてみた。

「食事を与えない？」

「惜しい！　本能の欲求をコントロールするんだよ。つまり食欲、排泄欲、睡眠欲、性欲。オヤジが良しと言うまでは一切与えられない、ある意味、決まった時間に食事を与えられる刑務所よりキツイよ。いつ、良しと言われるかわからないからね。そうなったら、土地の権利を譲り受ける契約書にハンコを押させるなんて簡単だ。法律は日本では絶対に守らなければならないと日本人には刷り込まれている。本当は取り返せる方法はいくらでもあるのに、女の父親は全てを奪われたと思い自殺した。オヤジにとっては都合が良かった。食わす飯代が1人分減るんだからな。母親と娘を連れ山の中に行き、遺体を2人に埋めさせた。……でもそこでオヤジの計算が1つ崩れた。『オレも若かったんだな』と笑っていたよ」

神原喜代美の兄は話を続けた。

「娘、つまりオヤジの嫁にアメをほとんど与えていなかったことだ」

気分が悪いのは酒のせいなのか話のせいなのか、正確なところは自分でもわからなかった。

「さっきも言ったけど、手綱は時折ゆるめないとすぐに切れる。さすがの極限状態でも、自分の父親が死んだことに余程ショックを受けたんだろうな……。手綱は切れて、オレのオヤジの隙を見て、親戚に連絡してしまったんだ。そうなると時折、アメを与えられていた母親が怒り出したんだ。母親の方が狂ってるよ。娘は一瞬正気になってナイフを隠し持ったんだろうね、母親が娘の首を絞めて殺そうとしたところに娘がナイフで刺したんだ。母親はそのナイフを奪い取って、娘を刺した」

オレはもう聞きたくないと思った。

「それで2人共死んだんだよ……。そしてここで驚くのが…」

オレはもういい、もういいと思った。

「その親戚はハンシュウの人間を連れて来たんだ…」

　窓ガラスがカタカタ鳴るのが響く。建て付けが悪いのかと思い、苛ついた。もう聞きたくないのに、相反する感情がオレを支配する。

「オヤジを唯一尊敬しているところがあるんだ。ハンシュウに行くと即答したらしい。オレだったら、急に現れた訳のわからないヤツらが、急に訳のわからないことを言ったら、イエスとは言えない。直感的な状況判断。動物的な生命の危機回避。誰にでも出来ることではない」

　窓ガラスがまだカタカタ鳴っている。神原喜代美の兄は、急に声のトーンを明るくして言った。

「よくさ、オレらがあんた襲って、ハンシュウに来るかって喜代美が聞いた時、行くって言ったよね？　すごいよ」

　オレは何と言ったらいいのかわからなく、「いや」と言ったつもりだが、ひょっとすると声になっていなかったのかもしれない。

「オヤジのすごさはそれだけじゃない。実質上…」と神原喜代美の兄は言い、間をたっぷり取った。

「ハンシュウを支配している。殺人者、強盗、強姦…何でもありのハンシュウで。日本では害しかない人間達が集まっている中で、実権を握ってるんだ」

オレは今からでも逃げられないかと考えた。逃げられる訳もなかった。

「元々、口が上手いと言うのもあるが、ウチのオヤジは外貨を獲得出来る」

「外貨？」

「うちのオヤジは口が上手いくせに作家なんだ。日本で本を出す度にそこそこ売れるんだ。いや、1本ちょっとしたヒットを出したことがある。たまにいるじゃん？何でも出来るヤツって。それがうちのオヤジなんだ」

「外貨って何ですか？　日本で本を出して、そこで儲けて金をハンシュウに入れるっていうことですか？」

「そう…。外貨を獲得するのって大変だからね。ハンシュウは選挙もないし、国主ってのはいないけど、何となく仕切る人間が生まれる。今、オヤジが何となく一番偉い。ハンシュウの核はオヤジの手の中にある」

次から次へと入って来る情報を処理しきれない。オレはまとまらない思考を遮るために、核のことについて質問した。

「さっきお兄さん、核を管理する仕事をしているって言ったじゃないですか？　それって関係ありますか？」

「ない。…いや、あるっちゃある。オレが核を発射する権力、権限は一切ないよ。ボタンはオヤジが握ってるんだ。オレはコネで入っただけだよ」

「でも変な話、仮の話ですよ？　オヤジさんが亡くなったら、いずれお兄さんがこのハンシュウを仕切ることになるんですか？」

「ならないよ。自分の能力は自分でわかってる。オレは自分で言うのも何だが、実用的な能力は長けてる…方だと思う。でも人を惹き付ける能力はないと思う」

オレは神原喜代美の兄と話しているうちに、この人には絶対に敵わないと思い始めていた。敵わないと思う人間に、あっさり白旗を上げられるのが悲しかったが、「そんなことないですよ」と神原喜代美の兄に言うのもおかしな話だった。

玄関のドアが開く音がした。「ただいま」と言う声が聞こえた。年配の人の声だと思い、すぐに神原喜代美の父親だと悟った。オレは熊や虎が現れた時のように震えた。神原喜代美の兄は、玄関の様子を全く気にする様子がない。神原喜代美の兄は小声で言った。

「そのオヤジがもっとも恐れているのが喜代美だよ」

親父

居間のドアが開いた。その男はオレが思っていたイメージとはかけ離れていた。話を聞く限りだと、大柄で欲しいものは全て強引に手に入れる強欲な顔立ちだと思っていた。神原喜代美の父は、オレを見るとすぐに軽く会釈をした。

「喜代美が連れて来た人？」

とフランクに話しかけてきた。身長は170センチを少し越えたくらいで、中肉だった。まだ初見だが、愛想が良くて、誠実そうな中年に見える。

「リンゴ貰ってきた。剥いて食べな」

と神原喜代美の父親はビニールに入ったリンゴをサトシに渡した。よく見ると、神原喜代美の父親は、ただ人が良さそうなだけでなく、奥底には闘争心が見え隠れ、深くまで入り込めない雰囲気を醸し出している。放電を自在にコントロール出来る雷雲のように見えた。

「明日の夜、雪なのか？」

と神原喜代美の父親はコートを脱ぎながら言う。コートの生地を見ると、おろし立てなのか、しっかりして高そうだ。神原喜代美の兄は「わからない」と言った。

「積もるといいな」

神原喜代美の兄は、それには何も言わなかった。

「雪の日の『かごめ』はいい。積もった雪に自分の血が垂れるとわかりやすいから、精神的苦痛は倍だ。あなた…」

と言い、神原喜代美の父親はオレを見た。

「しばらくはここで寝泊まりをすればいい。部屋もある。遠慮なく使ってよ」

そう言うと、神原喜代美の父親は部屋から出て行った。オレは神原喜代美の父親を虎や熊のように恐ろしいと思っていたせいか、心の中で「ありがとうございます」と言った。

「果物ナイフってどこにあるんですか？」

とサトシが台所で叫んだ。

神原喜代美の父親に対して、何の先入観もなかったら、何も思わなかったのだろうか？　いや、曖昧な言い方をすれば、たたずまいは普通のサラリーマンとは違う雰囲気があった。若い頃、自分の欲に忠実に従い、それを手にした「イケナイモノ」と「闘争心」が歳と共に丸みを帯び、それらをひた隠しにした方がさらに得だと理解した者……そう見ようと思えば見えた。

「果物ナイフがなかったら包丁があるだろ？」

と神原喜代美の兄は叫んだ。

また一方で、入って来ていきなり「かごめ」の話をしたからなのかもしれない、とも思った。

「オヤジは靴の数を見ていたと思うよ…」

と神原喜代美の兄は先程の叫びとは変わり、小声で喋った。オレは「どういうことですか？」と聞いてみた。

「入って来た瞬間『かごめ』の話をして、かましてきたんだ。だから血が雪に垂れる話をしたんだと思う。親子だからわかる」

「そんな計算があったんですか？」

「オレがオヤジの話をしたってのもあるけど、今、心の中で思ったよりいい人だ、と思わなかった？」

「『遠慮なく』って言われて、ありがとうございますって思いました」

「だろ？　オヤジの手だよ…。ここで1つ訳がわからなくなる話をしてやろうか？」

「訳がわからない…？」

「オレがオヤジのコマの可能性は考えられない？」

「オヤジさんのコマ？」

「オヤジが帰って来る時間をオレは知っていた。それに合わせてオヤジの話を終わらせた。オヤジは帰って来てすぐ……『かごめ』の話をした…」

オレは驚き、心臓の鼓動が速くなった。

儀式

「部屋で仮眠を取りな」と神原喜代美の兄に言われ、少しの間ウトウトした。午後11時を回ったところで、カガワに起こされた。「そろそろ出掛けようか」と言われ、ついて行った。この家には母親はいないのだろうかと思ったが、やぶ蛇になるかもしれないと思い、何も聞かなかった。

神原喜代美の兄とサトシの他、神原喜代美の父親も一緒に出掛けることになった。懐中電灯を持ち、神原喜代美の兄が先頭になる。オレはサトシに小声で「どこに行くのか」と聞くと「かごめ」だと言う。オレは唾を飲み込んだ。オレがやられた「かごめ」を今度は自分がやる立場になっている。

丘を降り、10分程歩いた。葉が擦れる音は時折、人の話し声じゃないかと勘違いする程、不気味な雰囲気だった。砂利の音も不気味さを演出した。全員黙って歩いた。外灯が少ない道を歩いていると、地獄に導かれる罪人のような気持ちになる。1人1人が自分の罪を再確認し、これから遭うであろう酷い目によって、罪を洗い流すことを約束された場所へ各々が向かっているような錯覚を覚えて身震いした。いや、忘れていた。ここにいるほとんどの人は罪人だった。自分もそのうちの1人だった。

さらに2、3分程歩くと、人がチラホラ見えるようになった。会釈をしても、誰も返してこなかった。暗くてよくわからないが、殺気立っているように見えた。よく見ると、隣のサトシも殺気立っているようだった。神原喜代美の兄も殺気立っているのが背中でわかる。カガワも同様だった。皆、各々何を考えているのか聞いてみたかった。

２００メートル程先から『かごめかごめ』の歌が聞こえる。男の声ばかりであった。神原喜代美の兄は急ぎ足になった。カガワとサトシは砂利を少し蹴った。神原喜代美の父親は平然としていた。２００メートル先には１００人程の人間がいるように見える。コツコツと石と木がぶつかる音がする。その家の周りを取り囲んでいるのだろうか、歌声は１００人以上いるように聞こえる。

１人の男が悲鳴を上げる。家の中で叫んでいるのだろう。

「何でオレなんだよ！　誰だよ!!　オレにしようって言ったのは？」

それに答える人間は誰もいない。殺気立っている群衆が『かごめかごめ』を大合唱している。オレらももう近くまで来ている。そういえば雪だと言っていたのに、雪が降っていない。石を投げる者、花火を打ち込む者、憑かれたように歌う者、家を破壊する者、数が多く何をしたらいいのかわからず立ち尽くしている者、それぞれが行動していた。

「理由だけ教えてくれぇ！　頼むぅ!!　何が原因だよ!!」

暗いので顔までは見えないが、どうやら「かごめ」の対象人物は泣いている。声からすると、40歳前後だと思う。誰かが投げた石が額に当たったのか、血を流しているように見える。家の中からの光しかないから、はっきりとは見えない。何人かの若い男らしき人物は笑っている。近くにいるからか、『かごめかごめ』の歌が力強くなり、大きくなっている。

「どの部分を直せばいいんだ？　誰か答えてくれよぉ」

かごめの対象人物は声を嗄《か》らしている。それには誰も答えない。

神原喜代美の父親は両手をポケットに入れて、それを見ている。すると、石を投げている側同士の叫び声が聞こえた。

「テメェ、どこに投げてるんだよ！」

「うるせぇな、コノヤロー！」

小競り合いが始まった。「やめろ、やめろ」と周りの人間が止めている。石を投げられている人間はその小競り合いを見て、戸惑っている。

か〜ごの中の鳥は〜

どこから持って来たのか、丸太を数人で持ち、雨戸を壊している。今まで気付かなかったが、家の中に中年の女性と若い女が抱き合って泣いている。この男の妻と娘だろうか？　2人とも身を屈めている。

「テメェは『かごめ』をしなくても今、殺してやるよ！」

「かごめ」を仕掛けている者同士のケンカはエスカレートしている。サトシはそれとは関係なく、かごめをされている人間に石を投げている。神原喜代美の兄はさっきから写真を何枚も撮っている。カガワはケンカの輪の中にいたが、今はどこにいるのかわからない。『かごめかごめ』を一生懸命歌う者、躍起になって石を投げる者、ケンカを止める者、煽る者、丸太で家を破壊する者など、辺りは混沌としていた。

　神原喜代美の父親は今まで何の行動も起こしていなかったが、ポケットから手を出してボソッと喋った。

「仕切ってんの誰だ？　下手くそが」

そう言うと、神原喜代美の父親は群れの中に入って行った。

ケンカは片方が一方的に殴っている。

「やめてくれ〜、やめてくれ〜」

神原喜代美の兄はケンカも写真におさめている。サトシは石を投げては、また手頃な石を探してゆっくりと投げている。神原喜代美の父親が目に留まった。丸太で家を破壊している人達に話しかけて、その先頭に立った。今まで家を破壊していた丸太の先は「かごめ」の対象者に向いた。『かごめかごめ』の歌の大合唱の中に、神原喜代美の父親の「せーの」と言う声が聞こえた。神原喜代美の父親が先頭に立って抱えている丸太は「かごめ」の対象者の胸元を突き、さらにずれないように、神原喜代美の父親が突かれた人間を掴み上げ、壁まで逃げないようにする。

周囲の人間は静まり返った。歌をやめ、石を投げるのをやめた。家の雨戸と丸太に挟まれた男は鈍い声を出した。雨戸は激しい音を立てた。男はうずくまった。周囲の人間はその静けさから一転して、「おぉ」という歓喜の声を上げた。神原喜代美の父親は右手を上げている。声援に応えているのだろうか、石を投げるなという意味だろうか？　そのどっちでもあるような気がする。

神原喜代美の父親は「立たせろ」と、その歓声を制するように言った。大声でもなく小さい声でもない、指示をすることに慣れている声であった。

「かごめ」の対象の人間は恐怖そのものの顔をしていた。両腕を数人に押さえ付けられている。神原喜代美の父親は後ろに指示をして丸太を引く。自然と周りの人間は観衆になり、「せーの」と言う声がまとまった。家の中からは叫び声が聞こえる。自分さっきよりも深く丸太が男に入った。呻き声と共に、男は力なく首が垂れた。自分の意思で首は動いているので、意識はあるはずだ。丸太を持っている人間達はもう一度引く。興奮を声に出す者、出さない者の差はあるが、これからもう一度、丸太を「かごめ」の対象の胸に突き刺すと思うと、さらに歓喜しているのが手に取るようにわかる。『かごめかごめ』の歌を歌う者は誰1人おらず、「せーの」と全員が声を合わせて叫ぶ。

神原喜代美の父親は、今度は丸太を肩で担ぎ、男に向かって走り出す。男は悲鳴を上げた。その悲鳴は丸太で押し潰され、断末魔とはまさにこのことを指すかのように、鈍く高い声を上げた。

オレは吐き気がした。肉がすり潰されるような音がした。男の歯は折れ、歯茎から血が出ているのだろうか、アゴが赤く染まっている。神原喜代美の父親は次に何をするのか期待する気持ちと、残虐な姿を見たくないという気持ちが入り混じった。

神原喜代美の父親は丸太を引く。

かごめを実行する為に集まった人々は観衆と化してる。「せーの」と言いたくて仕方がない様子だった。神原喜代美の父親は、一瞬にしてスターになった。神原喜代美の父親は今度は丸太を低く構え、目標を定めた。

「せーの」の〝せ〟を誰かが大きく言った瞬間だった。群衆がざわめいた。オレは一瞬、何が起こったのかわからなかった。

丸太と男を結ぶ線上に女が1人立っている。

群衆

辺りが静まり返った。あまりの静けさにシンと辺りが言っているかのようであった。群衆の中の1人が「どけよ」と叫ぶと、それに続いて群衆が怒号をその女にぶつける。

オレは何となく誰かわかっていた。

神原喜代美だった。

「そいつも一緒に潰せぇ！」

と誰かが叫んだ。そうだ、と群衆が1つになる。神原喜代美の父親は動こうとしない。

「和を乱すんじゃねぇよ」

と誰かが言うと、それにも群衆は賛同する。神原喜代美は男の前に立った。男は丸太で潰されなくて済むと、うなだれながらも救世主が現れたかのような表情をした。家の中にいた中年の女性は「ありがとうございます」とサンダルを履きながら神原喜代美に近付いた。

神原喜代美は平手でその女を一蹴した。群衆は訳がわからず、ざわめく。神原喜代美は大きく息を吸った。

「歌も歌わないで何やってるんだよ！」

群衆は静まり返った。

「儀式を壊すなよ！　そこら辺の村八分と一緒にするんじゃねぇよ！」

群衆は誰1人反論をする者がいないので、心当たりがあるのだろう。

「これじゃ、ただの集団リンチじゃん。鬼は？　鬼になったか？　手形は？　集めたのか？『かごめかごめ』を歌うことによって鬼を憑依させなきゃいけないだろ？

1人が中心になって鬼を退治しちゃ『かごめかごめ』じゃないだろ？　数だ…」

神原喜代美は間を取った。

「数で鬼を退治するのが、この国の決まりだろ！」

誰かが「…そうだ」と呟いた。どこからか『かごめかごめ』の歌を歌い出している人間がいる。それに共鳴するように、続いて歌う者も現れた。

「この男は…」

と言い、神原喜代美はまたしても大きく息を吸う。間をたっぷり取った。

「生ゴロシにする！」

歌っている人間以外が「おぉ」と歓声を上げ、すぐに先に歌っている人間に続き、『かごめかごめ』を歌う。その歌は次第に大きくなった。

神原喜代美は歌声に負けないように「穴を掘る役目を受ける人ー？」と叫んだ。

群衆の何人かが「オレがやる、オレがやる」と手を上げる。神原喜代美の父親は丸太を置いて踵を返した。男の妻はその場に崩れ落ち、顔に手を当て泣いている。

『かごめかごめ』は割れんばかりの大合唱になっている。

「かごめ」の対象の男の家の玄関に置いてあったスコップを何人かが奪い合ってい

る。神原喜代美はそれに気付いて、そのケンカを制して何か話をした。歌で話し声まで聞こえなかったが、1人がスコップを持ち、1人が走り出した。「かごめ」の対象の男は暴れている。どこにどう、その余力が残っていたのかわからないが、懸命に抵抗している。神原喜代美は1人の男から包丁を受け取り、捕えられている男の腿に突き刺した。大合唱の中でも男の呻き声が響いてきた。

さっき走ってどこかに消えた男が戻って来て、スコップを持った男達を連れ、またどこかに消えていった。

ふと神原喜代美の父親を見てみるといなかった。どこに行ったのか見渡してみると、神原喜代美の父親はさっきオレ達が来た道を戻って行った。カガワがオレのそばに寄って来た。カガワがオレの耳元で叫ぶ。

「生ゴロシは喜代美ちゃんの専売特許みたいなものだよ」

オレは何のことか、さっぱりわからなかった。

「喜代美ちゃんが考えた殺し方なんだ」

オレは「どういう殺し方なんですか?」と叫ぶと、カガワは「え?」と何度も叫んだ。

カガワは群衆とは逆側を指さす。カガワは「帰ろう」と叫んだ。オレはどういう殺し方なのか見たい気持ちもあったが、また吐き気に襲われるような気もしたのでカガワに従うことにした。群衆の歌が歩くにつれ小さくなる。カガワの声が聞き取れるまでオレは黙っていた。

家の裏側の道に出ても、まだ『かごめ』の歌は張りを保っていた。しかし同時に、足元の砂利の音くらいは聞き取れるようになっていた。

「意識があるうちに埋めるんだ」

とカガワが突然言い出した。オレが「え？」と聞き返すと、カガワはこう言い切った。

「生ゴロシ」

「意識があるうちだったら出て来られるんじゃ…」

オレは思った疑問を口に出す。

「今の状態でも動くのがやっとだよ。丸太で突かれて、足を刺されているからね。多分、他には刺さない。出血多量で死んじゃうからね…。生きて意識があるうちに穴に入れるんだ。それも自分からね」

「自分から…」

「君も喜代美ちゃんに追い詰められた人間だからわかるでしょ？　他の選択肢を与えないやり方だよ。多分、『穴に自分から入らないと、目の前で女房子供を刺し殺す』とか言うんじゃない？」

やはりオレは生ゴロシを見ていかなくて正解だったと思った。

「まず口の中に土を詰め込むんだ。鼻には入れないでね。顔は最後に土をかけるようにして恐怖を味わわせる。大人数に囲まれて土をかけられるんだから怖いよ。そして段々暗くなる。苦しくなる…」

「でも、力が余っていれば、ひょっとして掘り返して出て来られるんじゃないですか？」

「出て来られるように計算しているんだ…」

どこかでカラスが鳴いた。砂利の音が耳に染み込む。

「生き返られるチャンスを与えるってことですか？」

「う〜ん、そうとも捉えられるけど。人間の生きようという生命力はすごいよ。何とか息が出来るように、地上に上がって来ようとするんだから。指や足を出すだろ？　指が地上に出て来たら、上から包丁で刺すんだ、息絶えるまで…」

「それを今から、やるんですね？」

カガワは黙って頷いた。

それを神原喜代美が考えた。オレは恐ろしい人物にストーカーをしていたと改めて身震いした。

もう1つ身震いしたのは、神原喜代美が輩《やから》とも言える群衆の中心で喋り、その場を1つにまとめたことだった。オレがやろうと思っても絶対に出来ない。

砂利の音だけが響く。オレは会話がないのが何となく気まずい雰囲気になったので、話しかけた。

「お兄さん達、置いて行っていいんですか？」

「うん、アイツは写真撮るのが好きだから。『かごめ』があると必ず写真を撮りに行くんだ」

「サトシ君は？」

「まぁ、お祭り好きだからね…」

オレ達はまたしばらく砂利の音を聞いた。すると突然、カガワが喋り出した。

「喜代美ちゃんは本当にすごいよ。あの場でオレが同じセリフを言ったって、あの群衆をまとめ上げることなんて到底出来ない。喜代美ちゃんの生まれ持った能力なんだろうな」

オレは神原喜代美の話を聞きたくなかったが、話を合わせるしかないと思った。何で聞きたくないか自分に問うてみると、神原喜代美がオレの中でもっと恐ろしい人物になるかもしれないという恐怖だったと思う。

「というか、あのセリフ、オレだったら思い付かない」

オレは仕方がなく「どういうことですか」と聞いてみた。

「あの場は仕切る人間が曖昧で、しょうがなくお父さんが最初、仕切り始めたでしょ？」

丸太で対象者を突いたところだ。あの時は群衆の中にケンカをし出した人達がいた。神原喜代美の父親がいなかったら、混乱していたかもしれない。

「いつまで経っても次の段階に進まないから、みんなどうしていいかわからない状態だったんだ。たまにいるんだ、『かごめ』を仕掛けておいて、いざとなると怖気づく人間が。殺人犯の中にもそういう人間がいるんだ。カッとなって殺して、あとでどうしようって怖気づく人間が……。きっと日本でもそういうヤツだったんだろう。その場を収める為に、お父さんが先頭に立って場を仕切ったろ?」

確かにそうだった……。

「仕切ったことは仕切った。すごいことだよ。オレには到底出来ない。人前に立つことも苦手だからさ。とにかくお父さんはその場をまとめ上げた。そこに喜代美ちゃんが来て言ったろ?」

オレは「何だっけ?」と一生懸命、思い出そうとした。

「儀式を壊すな! って」

確かに言っていた。

「どういうことかって言うと、『かごめかごめ』の歌を歌って儀式にしろってこと。『かごめ』の儀式っていうのは宗教的儀式が始まりなんだ」

「宗教的……」

「言い伝えだけど、その昔、鬼が村を襲った時には、村人は力を合わせて鬼を退治したんだ。だからこの国は、その当時は村だけど……結束力が強い。時代も変わり、鬼が現れなくなると、結束力が弱まる。その時に結束力を固める為に、悪いことをした人間を鬼に見立てて全員で殺す。大正の終わりから昭和にかけての話だよ。判がない時代は拇印…当時は手形を家に付けて、貯まるとその家の人間は鬼と見なされるんだ。拇印を読み取れない人間は人間じゃない。つまり鬼だと判断される。そして儀式が始まるんだ。つまり殺す時に『かごめかごめ』の歌を歌う。あの歌を歌い、周りを村人で囲み、そして囲まれた人間に鬼を本格的に憑依させようっていうのが宗教的儀式なんだよ。鬼になれば村人は遠慮なく殺せる。ちなみにそれを子供が真似して、日本に広まったんだ」

『かごめかごめ』にそんな意味があるなんて、オレは初めて知った。

「残酷な儀式ですね？」

「ん？　なんで？　日本の死刑制度もやってること同じでしょ？　何人かボタンを押す人がいて、同時に押すと絞首執行して誰がやったかわからないようにしているってやつ。今はどうだかわからないけど、『かごめ』も同じ。結局誰が殺したかわからないようにするんだから。だから今日の喜代美ちゃんは本来の『かごめ』じゃない。仕切っている人が鬼にバレているんだから。でも今回は、その場を収める為には仕方がないんだよね。でもすごいのは、その原理原則を一瞬で判断して、群衆にそれを説いて全員を我に返らせたってところだよね」

そんな判断を神原喜代美は一瞬でしたとなると、オレはさらに神原喜代美が怖くなった。

「喜代美ちゃんは生まれながらにして、人を惹き付ける能力を持っている。お父さん譲りなんだろうね。ストーカーした君ならわかるだろ？」

とカガワは笑って話しかけてきた。オレは「まぁ」と言ってはぐらかした。

「でもオレから見たら、計算力ではお父さんの方が上。目に見えない力をコントロールする力は喜代美ちゃんの方が上って感じかな〜」

オレはいまいち、どこがどう違うのかわからなかった。

「お父さんになくて、喜代美ちゃんにあるものって何だと思う？」

オレはよくわからなかったが、さっきカガワが言っていた「目に見えない力」と答えた。

「聞き方が悪かったね。じゃ、女が男を支配する時って、どんな時だと思う？　うん、男が女に屈する瞬間というかさ」

オレは少し考えてみたが、話が大きすぎて全くわからなかった。オレは「わからない」と答えた。

「……性欲だよ」

木の葉が擦れる音がする。砂利の音が1人分止まる。消えたのはカガワの足音だった。

「男が女に屈する時は、この女は性欲を満たしてくれると判断した瞬間だと思うんだ。喜代美ちゃんは男を極限に追い込んでも、男を立てる能力が抜群なんだ。今、この男に私がどのようなことをすれば、息を吹き返すのだろうかということがわかる。どんなことをしたがるのだろうというのが肌でわかる。息を吹き返せば、またいたぶれる。男が女に屈する瞬間だよ」

カガワは得意気だった。確かにオレにも心当たりがあった。カガワ達に縛られ、囲まれた時、オレは神原喜代美の股間を見て、興奮した自分に苦笑した覚えがあった。その時は絶望を一瞬忘れた。でも…と思い、オレはカガワに聞いた。砂利の音がまた2人分になった。

「肉体関係があったらどうするんです？　もう神原喜代美に興味がなかったとしたら…」

「趣味嗜好による。男の趣味嗜好は大体片寄っているし、そして範囲が広い。数限りない中から、もっともその場に合っているものをチョイスする。もし喜代美ちゃんが…」

と言いながら、カガワは笑った。

「SM嬢だったら、日本でも天下を取っていたかもしれない」

手を叩いて笑っていた。オレはカガワに乗れないで、笑い損ねた。

「でも冗談抜きで、喜代美ちゃんはこのハンシュウを支配しつつあるんだ。今は喜代美ちゃんのお父さんが頭1つ抜けているかもしれないけど、現段階で喜代美ちゃんも一目置かれていることには間違いない」

ここまで来たら全部聞こうと思った。オレは「なんで？」と尋ねた。

「君で14人目なんだよ。喜代美ちゃんがハンシュウに連れて来たのが。普通は生涯にわたって多くて2人。聞いたかもしれないけど、ハンシュウは『かごめかごめ』をやると人口が少なくなる。だから外から人を連れて来ると、ハンシュウの人間に喜ばれる。自分が『かごめ』に遭う確率は少なくなるからね。何を隠そう、オレも喜代美ちゃんに連れて来られた1人なんだ」

また1人分砂利の音が消えた。今度はオレの足音だった。

過去

「オレだけじゃない。君に対して一緒に『かごめ』にしたアガワ君、ヨシさん、テッちゃんもそうなんだ」

オレは「え？」と言うだけで精一杯だった。

「オレはかつて喜代美ちゃんの上司だったんだ。君もわかると思うけど、喜代美ちゃんはそこまで美人ではないのに、何か惹き付けるものがあったんだよ。オレは喜代美ちゃんに来る日も来る日も残業を命じて、会社に2人しか残らない日を見計らって、半ば強引に肉体関係を結んだんだ。でも…」

と、カガワは気まずそうに次の言葉を続けた。

「驚いたことに、次の日も平然と出社してきて、そういう行為を繰り返した。しばらくすると、喜代美ちゃんはオレに嫁と子供を捨てて一緒になろうと言い出したんだ。それからだよ、嫁と子供に嫌がらせが始まったのは。警察に相談しようと思うって喜代美ちゃんに言ったら、仕組んでるのは私だって言い出したんだ。オレは腰が抜けたよ。あとは…また今度にしていい？　今はあんまり思い出したくないんだ」

オレは何と言っていいかわからなかった。そこには驚きもあるし、カガワに対し神原喜代美と関係を持っている嫉妬もあった。

「ツダさんは喜代美ちゃんの親戚なんだ。最初は親戚を集めて、『かごめ』をやってたみたいだよ」

それはどうでも良かった。オレはもっと詳しく神原喜代美のことを聞きたかった。

「あまり深入りしない方がいい。喜代美ちゃんは天才だ！　お兄さんの話だけど、喜代美ちゃんは子供の時から人の精神の動きを肌で感じ取ることが出来たらしい。それを研ぎ澄ませながら学問としての心理学を勉強して、生活で実践していったのだから、敵う訳がない。女の色気の出し方も自分で理解している」

「具体的には？」

「う〜ん、オレがハンシュウに来て、喜代美ちゃんに彼氏が出来た時があったんだ。それが暴力を振るう彼氏だったんだって。オレらは呼ばれて『かごめ』を行うことになったんだよ。結局、その彼氏は殺されちゃったんだけど。あれは上手かったなぁ。護身用のガスあるじゃん？　あれで咳き込ませて喋れないようにするんだよ。その彼氏が何を言っても聞こえないって言って、実は聞こえているんだ。その数分後にあんたきっと今こう思ってるんでしょ？　って言うんだよ。喜代美ちゃんからすると、一度聞いてる話だから当然、うん、当たり前のように言えるんだけど、その彼氏にとっては『さっき聞こえないって言われたのに、何で知ってるんだ？』『言い当てられた、オレの心を読んでいるのか？』って思うんだよ。あとで聞いたら、『あれは私のテクニック』って笑いながら言ってたよ。数分後の会話がどうなるかって考えて喋るんだってさ。男はそこで支配された顔をしていたなぁ」

オレはそんなことが出来るのだろうかと思った。

「まぁ、その時はその彼氏も自我が崩壊してたと思うけどね…」

「『かごめ』は何をやったんですか？」

「殴るくらいの男だろ？　支配欲が強いんだよ。そのプライドを徹底的に壊すんだ。縛り上げた時に男の見ている前で……いや、何でもない。そうだな、とにかくその男の一番嫌がることをするし、言わせるんだ」

オレはカガワの言い淀んだ言葉を紡ぎ、自分の頭の中でカガワが喋ろうとしていたことを組み立てた。嫉妬心なのか、自分の中で考えたことを振り払った。考えたくなかった。オレは心底、神原喜代美が怖いと思った。

「オヤジさんが付けた名前通りになってるよ」

オレはもう聞きたくないと思った。

「名字が神原だろ？　そこに掛けて神の代わりに喜ぶ。この国の神。それに代わって喜ぶっていう意味なんだってさ」

一瞬、カガワは黙った。

「本当の鬼は神原喜代美かもしれない」

カガワは何かを噛み締めていた。そして、その噛み締めたものを吐き出すように言った。

「神原喜代美は人を苦しめる天才。計算が外れてもボロを出さない。計算通りの顔を平然と出来る。頭がいいヤツ程コントロールがしやすいって言っていた。多分……」

もう一度、カガワは何かを噛み締めた。

「喜代美ちゃんはオヤジさんを殺そうとしている」

対立

神原喜代美の家に帰ると、父親が居間でバーボンを飲んでいた。オレは「ただいま」と言うのもおかしいので、会釈をした。神原喜代美の父親も会釈をした。父親は額に脂をギラつかせて、頬を赤らめていた。昼間の話と先程の神原喜代美の話で、オレはこの家の人間を完全に警戒している。

帰り道、カガワに聞いたのは、オレに仕掛けた「かごめ」はどこまでが計算だったのかということだった。大体は計算通りであったらしいが、1つだけ大きなミスがあったらしい。サトシが玄関で仕掛けて逃げるはずが、オレが玄関を飛び出して、追いかけたことだったという。普通は怯えて出て来ないものらしい。サトシが捕まり、仕方がなくツダさんが後ろからバットで殴ったということだった。どっちにしろ、何がどう転んでも大丈夫なようにしていると言う。

「喜代美は何か勘違いしてるな〜。カガワ君、そう思わない？」

神原喜代美の父親が急に言い出した。

「どうなんでしょう？　お父さんに対抗意識があることは確かですね」

「僕が死んだあとにこそ救世主として威光を放つのに、時期尚早だ」

オレとカガワは黙った。神原喜代美の父親は不機嫌そうにバーボンを注いで飲む。

「憎くはないんだ。かと言って正直愛してもいない。自分でもわからないんだよ。持て余している。まぁいい、恥をかけばその分だけ跳ね上がる。喜代美に華を持たせておいて、あとでひっくり返せば、その分、国民は僕に傾倒する。そんなもんだ」

「落ち着いてくれたらいいんですけどね…」

カガワが合いの手を入れる。

「本当だよ。野望がなくなればいいんだろうけどな。喜代美に外交なんて無理だろ？」

外交？　オレはこの場に相応しくない単語が出て来たので引っ掛かった。オレが不思議そうな顔をしていると、神原喜代美の父親は「あのね」と話しかけてきた。神原喜代美の父親のサービス精神のような気がした。

「今、アメリカはハンシュウに『日本に核爆弾を落としてくれ』と言っているんだ」

ここに来てから、次から次へとオレを驚かす話ばかり入って来る。

「君は頭がいい。使える男だと思う。僕は自分で言うのもおかしいが、見る目だけはある。君も少し前までは自信もあったろ？　まぁいい、話を戻そう」

「ハンシュウが持っている核爆弾を日本に落とそうとしているんですか？」

「僕じゃない。僕は柔らかく断っている」

「落とそうとしている人がいるんですか？」

「……喜代美だよ」

「…え？」

「僕を……う〜ん、殺すって言葉は使いたくないんだけど。そうだな、失脚させようとしているのは確かだな」

「なぜ、喜代美さん？　が核を撃とうとしているんですか？」

「日本が自分のものになるからだよ」

オレは考えた。考えたが、スケールがでかすぎて、どこからどう考えればいいかわからない。

「核爆弾を発射したあと、アメリカは日本が極秘で核を開発して所持していたと世界に発表すればいい。重大な憲法違反を犯した国だとでっち上げて。憲法違反を犯す国は、国として機能していない。信用が出来る指導者が現れるまで、アメリカが管理すると言えばいい。恐ろしい話だよ…」

「それを喜代美さんがやろうとしているんですか？」

「アメリカと手を組んでな…」

悪夢でも見ているのだろうかという錯覚に陥った。オレの悪夢はいつ終わるのだろうか？　アメリカが日本を支配する？　オレは今考えられる疑問をぶつけてみようと思った。

「今まで日本に住んでいて、ハンシュウなんて国、一度も聞いたことがないのですが、それはなぜなのですか？」

神原喜代美の父親は一瞬黙って、薄ら笑いを浮かべた。

「君は僕らのことを疑っている。…そうだね？」

オレは心の中を覗かれたのだろうかと思い、震え上がった。オレは口ごもった。

なぜ、オレが疑ったことがわかったのだろう？

「さっきも言ったが、君は頭がいい。普通、こんな状態……う～ん、わかりやすく言うと監禁され脅され、ハンシュウに連れて来られた…。そんな状態だと大体、人間はどんな信じられない話でも全てを受け入れてしまうものだよ。つまり、君はなかなか腹も据わっている。いいだろう。今の会話の仕組みも教えよう」

オレは何が始まり、これからどんな会話になるのか想像もつかなかった。

「話の流れの根本を掴む人間は、全体を疑っているんだよ。話を受け入れている人間の相槌は『それで？』とか『だから？』という言葉を使う。『それで？』『だから？』を会話の間に入れる人間は、次の会話の展開を望んでいる。つまり会話を受け入れているということなんだ。でも君は『本当にアメリカがハンシュウと組み、日本を支配しようとしているんですか？』という意味で、『ハンシュウなんて国、一度も聞いたことがない』と言っている。つまり納得していないということなんだよ。君は今、心の中が透けているんじゃないかと焦ったね？　実際には見えていない。言葉を分解すれば、相手の気持ちくらい、わかるものなんだよ」

この男は、本当に人をコントロールすることが出来るのかもしれない。冬なのに頭の皮膚にうっすらと汗をかいている。

「まぁいい、じゃ話そう！　ハンシュウが本当にあるかどうか……。今現在、国連に加盟している国は196カ国ある。世界と一口に言っても、今世の中が世界と言っているのはこの196の国のことを指す。国連に加盟していない国は『世界』に入っていないんだ。つまり知名度もないし、品格もないと見なされる。世界からみると、無視されるべき存在なんだ。しかしこの196カ国以外にも、世界には国が数限りなくある。地域やその人の考え方、概念で国の数はだいぶ変わる。たとえばアフリカの奥地に行けば、村と言われる小さな共同体がある。それは国の中にその村があると捉えられるかもしれないが、その村からすれば、国の傘下にあるという意識がない。それはそうだろう。国に何もして貰ってないし、恩義もない。そこでは村こそが1つの国なんだ。村のルールに従って生活をしているし、これから先もそうだろう。つまり国として……今言う国は国連に加盟している方の国だ。国として機能しているかどうかなんだ。もう1つたとえれば、ロシア国内のチェチェンなんかはどう捉える？　北キプロスは？　プエルトリコは？　マルタ騎士団は領土すらない。今挙げた国は知名度はあるが、世の中には僕らの知らない国が無数とある。これから先、各国は……ここでは加盟国の方だ……加盟していない国をどう利用していくか、どう支配していくかが課題なんだ。アメリカはハンシュウを利用して、日本を本当の意味で支配しようとしている。日本はすでに国として機能を失っている……」

「……どうしていくんですか？」

神原喜代美の父親は突然笑い出した。

「アハハハ！　やっと僕を受け入れたね！」

オレは意味がわからなかった。

「『どうしていくんですか？』と肯定の言葉を使ったということだよ！」

オレはこの男に手の平で転がされている。

「まぁいい、だからだ」

と言い、神原喜代美の父親は間を取った。

「アメリカは、ハンシュウを利用して日本を一度壊そうとしている。アメリカは世界の為だと言っているが、簡単に言えば日本を支配したいだけだ。確かに日本は経済、制度、世界での地位、外交全ての面で頭打ちだ。小さな話をすれば、汚職が絡み私腹を肥やして国の利益を優先させない売国野郎がのさばっている。あの国には問題が山積みだ。いや、問題しかない。どこから問題を片付ければいいかわからない。自分らで片付けられないから、他が手を貸そうということなんだよ！　アメリカが一度日本を破壊するという方法を取ってね」

文章でじっくり吟味すれば、疑わしきところや突っ込むところは出てくるかもしれないが、神原喜代美の父親の話し方、喋るスピード、説得力や醸し出している雰囲気などが絡み、疑うところが見つからなかった。

「だがね、僕は、アメリカを疑っているんだよ」

またスケールの大きな話で、オレはついていけるのか不安だった。

「こんな国だけど…円の信用がなくなったら、世界の経済は破綻すると考えている。再生するにしても、円が機能を果たさない間に世界は大混乱する……と思う。経済は詳しい？」

オレは首を横に二度振った。

「じゃ、興味が出たら僕にいつでも聞きなさい。今は端折《はしょ》るけど、世界は崩壊するよ。あと…」

と言い、神原喜代美の父親はまたしても間を取った。

「僕の弱い部分でもあるんだが…センチメンタルなことを言うよ。ロマンティストと笑わないでくれよ。僕は…日本出身だろ？　あの国にまだ希望を捨てていないんだ」

神原喜代美の父親は下を向いて、照れ笑いをした。

「誰かが指揮をちゃんと執り、信用出来る人間を集めて、あの国をまとめ上げ、世界にも誇りを持てる国に。国民も胸を張って『日本人です』と言える日が来るのを。いつかそういう国になって欲しいという夢…」

神原喜代美の父親は酒で顔を赤らめていた。カガワは黙っていた。電気の音なのだろうか、ジジッという音が聞こえる。

「喜代美は目先のことしか考えていない」

また今とは違う話の展開になりそうだったので、オレは神原喜代美の父親の話を一語一句、逃さないよう集中した。

「喜代美は日本を破壊して、自分が女帝になろうとしている。僕を失脚させて。野望の強い女だ。我が娘ながら末恐ろしい。アメリカの言うことを全部信用しきっている。世界のことなんて何1つ考えていない」

「それで喜代美さんは、核爆弾を落とそうとしているという話なんですね？」

神原喜代美の父親は静かに頷いた。

「生まれ持ったカリスマ性、その1点だけを信頼しきっている。それがアイツの弱点だ」

「お兄さんは結局どうでした？」

とカガワが突然、喋り出した。オレは少しびっくりした。

「わからない。本当にわからないんだ」

オレは恐る恐る、「何がですか？」と聞いてみた。するとカガワが答えた。

「お兄さんが核施設で働いているのは…そうだよね？　知っているよね？　つまりどうやって発射するか、その方法を知っているんだ。お兄さんがお父さんの味方か、喜代美さんの味方か、本当のところがわからないんだ」

「アイツは僕の味方に決まっていると言っているんだけどな…。実際のところはわからない。でもね…、悲しいものだよ。権力は魔力とはよく言ったもので、権力が手に入るとなると、家族同士で疑うんだから。血の繋がりって何だろうな…」

カガワが再び話し始めた。

「喜代美ちゃんが核爆弾を日本に落とすか、お父さんがそれを妨げるかの対立なんだ」

そうまとめた。

3人はしばらく黙った。ジジッという音に一度気が付くと、やけに気になる。今になって急に、バットで殴られた痛みが疼き出した。時折、風が窓を叩く音がする。オレは痛みにただ耐えた。その痛みを忘れようと無意識にしているのか、自然とオレはある疑問が1つ浮かんだ。どう言えば疑っていないように聞こえるか、細心の注意を払って言葉を選んだ。

「この国は歴史が浅いってことですよね？」

神原喜代美の父親はオレの目をジッと見る。神原喜代美の父親はさっきより赤ら顔になっている。

「そういうことか。確かに説明していなかったね。君は核兵器を持って独立したと思っているんだね？　だとしたらここ20〜30年の歴史しかないと思っているってことか。文献がないから僕も聞いた話でしかないけど、ハンシュウという国が成立したのは、大正の終わりから昭和の初期だと聞いているよ。村としては存在していたが、国としてはそのくらいかららしい。その時々でいろいろな歌い方をしていた『かごめかごめ』にきちんと歌詞を付けたのもその頃みたいだ。歌自体はもっと前からあったみたいだけどな。確かに、歴史は古くない。核兵器を開発したのは先代で、僕は受け継いでいるだけ。今は核兵器がカードになっているけど、その前は国の重要機密を握っていたし、その前は差別を受けていた地域だから、国がハンシュウを相手にしていなかったみたいだ」

「なぜ、その情報が日本に流れないのですか？」

「日本にとって都合が悪いからだよ。『じゃ、うちも』『オレらの地域も』と、いろいろな地域が独立したら、それこそ国として成立しない。実際、この地域は日本から予算を貰っていないから日本としても助かる。さっきも言った通り、日本は国として機能を失いかけているんだよ。いや、機能していないと言っても過言じゃない。経済、外交……まぁいいや、今は省くよ。第二次大戦の頃の重要機密だったのが……」

オレは聞き逃さないように意識を集中した。

「奇襲攻撃があったろ？　あれはただの連絡ミス。そもそも奇襲するつもりなんてなかった」

連絡ミス。オレは拍子抜けをした。もっとすごい情報かと思った。オレは思わず、「そんな情報ですか」と言ってみた。

「今となれば、そんなものかくらいだよ。しかし戦時中、国は国民に負担を強制している。国民は戦争に勝つことが全てを救ってくれると信じているし、家族の犠牲も報われると信じていた。そんな極限状態の中、国がミスしたとなると国民はどう思う？　いくら軍国主義でも不満が爆発する可能性を十分孕んでいる。絶対に漏れてはいけない情報だよ。その情報をだな、軍の上層部にハンシュウの関係者がいて、ハンシュウに流したんだ。ハンシュウは連絡ミスという情報を持っていると日本を脅した。国も手が回らない。日本はハンシュウを潰すことが出来なかったんだ」

玄関のドアが開く音がした。数人の話し声が聞こえる。神原喜代美の父親は言った。

「君はそこまで知らなくてもいい。この国に必要な人間になれば、『かごめ』に遭わなくて済む。殺されなくて済むようになる。喜代美には今話したことは言わないでくれ。約束だ。僕には僕の作戦がある。君に喋られると、先に核爆弾を落とされる可能性がある」

神原喜代美の恐ろしさは十分わかった。オレも神原喜代美の恐ろしさは体で覚えている。

居間のドアが開いた。神原喜代美が睨みながら入って来た。神原喜代美はオレを一目見てすぐに父親を睨んだ。

「何か企んでいるでしょ？」

と神原喜代美は怒りを含めた声で静かに言った。

「いいや、何も」

と神原喜代美の父親はバーボンを一口飲んで宙を見た。父親は神原喜代美の目を見なかった。

「あんた、お父さんと何を話していたの？」

と今度はオレに話しかけてきた。オレは何を答えていいかわからなかったので、黙っていた。

「この人は来て間もないんだ。そんなきつい言い方もないだろう？　落ち着いてから、ゆっくり喋ればいい」

と神原喜代美の父親が助け船を出してくれた。それに対し、神原喜代美は鼻をフンッと鳴らし、不敵な笑みを浮かべた。

「私が連れて来たんだから、変なことを吹き込まないで！」

「もちろん」

神原喜代美は父親を睨みつけた。父親はバーボンを飲みながら、わざと神原喜代美を見ないようにしているのがわかった。

「あんた、座ってないでこっちへ来て」

と神原喜代美に言われた。居間から出ると、身に沁みるような寒さだった。廊下にはツダとヨシがいた。

「しばらく、あんたの部屋として使って貰うところに連れて行く」

オレは神原喜代美のあとをつけた。後ろにはツダがついて来た。

連れて来られたところは、最初に寝ていた部屋とは別の場所だった。４～５畳程の大きさで、最初の部屋より一回り小さい部屋だった。暖房が効いていなかったので、震える程寒かった。

「まだ、あんたのこと信用出来ないから、手出して」

何が起こるのか予想だに出来ないので、オレは震えながら手を差し出した。

「後ろ…」

オレは意味がわからなかったので、そのまま手を差し出し続けた。神原喜代美はオレの手を掴み、両手を後ろに回し手錠を掛けた。ツダに「毛布を持って来て」と伝えた。ツダは部屋から出て行った。「寝て」と言われ、オレは右半身を下にして横になった。フローリングの床が冷たくて震えた。

「ここ暖房がないから毛布で我慢して！」

ツダが毛布を持って来て、神原喜代美に渡した。神原喜代美はオレに毛布を掛けて言った。

「私のお父さんの言うことは絶対に聞かないで」

神原喜代美は部屋から出て行き、外から鍵を掛けた。


その夜は寒かった。冷気が毛布を素通りしているようだった。窓の外は真っ暗だが、何か動いているのが見えた。多分、風に揺れている木の葉だった。多分というのは音で判断するしかなかったからだ。

時折、神原喜代美と父親がケンカをしているのだろうか、騒ぎ立てる声が聞こえた。２人の声しか聞こえず、カガワとツダの声は聞こえなかった。

いつまで、この寒さに耐えなければならないのだろう？　紙ヤスリで顔を擦られているような寒さだ。内臓を鷲掴みされているみたいに芯から震える。血は流れているのだろうか？　実感がない。この先、何日も何日もこの状態だったらどうしようという不安に駆られた。風の音、木の葉の擦れた音が不快だった。もっと言えば、寒さで歯がカチカチいう音も不快だった。止めたくても止められなかった。２人のケンカが終われば、この寒さから解放されるだろうか？　ケンカの内容はわからないが、早くどっちかに折れて貰いたかった。

涙と鼻水が垂れてくる。粘膜が悲鳴を上げているようだった。鼻水をすすると、まるで自分が悲しくて泣いているような気がしてきた。鼻水をすすり続けると、本当に悲しくなってきた。

神原喜代美はこの状態のことを「生きていられる」と言っているのだろうか？

日本にいると言えば殺される。ハンシュウに来れば生きられると言ったが、これを生きていると言っていいのだろうか？　これは生きているんじゃない……。生きているのを許されているだけだ。

まだ神原喜代美と父親はケンカをしている。オレは2人に腹が立って仕方がなかった。オレはそのうちに声を上げて泣き出した。年を取った男が泣くなんて恥ずかしいことだと思ったら、情けなくなってさらに泣いた。

一生このままなのだろうか？　飯だけ口に突っ込まれ、排泄の許しを得て、ここで死ぬまで閉じ込められる。神原喜代美はかつて父親がやっていたことをオレにするのだろうか？

急に右頬が痒くなってきた。両手は手錠で縛られている。掻きたくても掻けない苦しさを味わうことになった。オレは右頬をフローリングに擦り付けた。床は氷のようであった。顔をフローリングに擦り付けても満足出来なかった。気にしないように意識をそらそうとすればする程、痒くなってくるような気がした。顔1つ自由に掻けない。生き地獄が始まる恐怖しかなかった。起き上がり、鋭利な物を探して頬を掻こうと思ったが、今度は自分で毛布すら掛けることが出来ない。

寝られるだろうか？　多分、無理だろう。目尻に流れる涙が温かかった。しかし、数秒経つとすぐに冷たくなった。オレは防衛反応なのか、思考を停止させようとした。今は想像力がオレの敵だ。恐怖は自分の中からやって来る。風の音が聞こえる。いや、それさえも考えることを止めよう。

暗闇

……どのくらいの時間が経ったのだろうか？　階段を激しく登って来る音で我に返った。廊下を駆ける音がした。その音だけを聞くと、怒っている様子がわかる。すぐにオレの閉じ込められている部屋の鍵を開ける音がして、ドアが開かれた。僅かな光に、ほんの少しだけ安心した。暗闇の中に神原喜代美が立っているのがわかった。

すぐに電気が点けられ、暗闇に慣れていたオレは目に刺すような痛みが走った。

「ねぇ、私のお父さんと何喋った？」

不用意に喋ると何が起こるかわからない恐怖に襲われ、オレは黙った。神原喜代美は迷いなくオレの頬を叩いた。

「何を喋ったの？」

と今度は優しく話しかけてきた。それでもオレはどうしていいかわからず、神原喜代美の目を見続けることしか出来なかった。

激痛が走った。左の腿だった。感じたことのある痛みだった。スタンガン。太い針を刺されたみたいな痛みに、意識が飛びそうになった。

「電圧上げる？　そうしたら喋れなくなるか。じゃ、低い電圧をずっと流し続けてもいいんだよ」

神原喜代美が何の目的で、何を聞きたいのかわからないと喋れない。こいつは核爆弾を落とそうとしている……。

「勘弁してくれ！」

オレは呻き声を自然と上げた。

「早く！」

スタンガンの痛みは一瞬でも辛いのに、流され続けている。

「な、な、何を…」

とオレは必死に言葉を吐き出した。

「え？　聞こえない！」

と神原喜代美はスタンガンをオレの腿から離した。

「何を喋ればいいんだ？」

「私のお父さんと喋ったこと全て」

オレは神原喜代美の父親と喋ったことの中で、神原喜代美が恐らく知っているだろうことを探してみた。

激痛が走った。

「喋る、喋る」

「全部だよ」

こいつは人の命なんて何とも思ってない。こういう風に人が痛がることを平気で出来る。

「お父さんの…」

「うん」

「過去の話…。ここに来る前の…」

「…だけ？　あとは？」

「カ、ガワ、さん？　だっけ？　その人とオヤジさんが喋っていて。オレは口を、挟んで、いない…」

またしても激痛が走った。さっきよりも電圧が上がった痛みだった。心臓が激しく動くのがわかる。息が上がった。自分に血が流れていることがわかった。こめかみに鈍い痛みが走るのは、血が集まっている証拠だろう。オレは呻き声を上げる。異様な目がオレを見る。

「嘘でしょ？」

オレは首を出来るだけ横に振った。

「まぁ、今日はいいよ。私、明日早く起きなきゃならないから。続きは明日ね！ちゃんと喋って貰わなきゃいけないから、もう1枚布団持って来てあげるよ」

神原喜代美は部屋から出て行くと、掛け布団を持って来てオレに掛けた。そして電気を消された。部屋はまた真っ暗になった。その闇は自分の姿形を暗闇に溶かしていくようで身震いがした。しかし一方で、神原喜代美がいなくなり安堵感に包まれたせいで、その闇に溶かされてもいいとさえ思った。

布団を1枚多く掛けただけで、少しウトウト出来た。空が白くなってくると安心した。

朝日だった。徐々に朝を知らせる鳥が鳴き始め、オレはその声をただただ聞いていた。鳥の声を聞くと、まだオレにも生命があることを妙に実感した。窓の外を見ると木の枝にスズメが止まっていて、なぜだか泣きそうになった。安心出来る立場ではないことは十分わかっていた。今日は今日で、どんな目に遭うかわからない。

神原喜代美が出掛ける時、オレが閉じ込められている部屋のドアが開いた。「いるね…」と言うと、神原喜代美はオレに近付いてきた。心臓の鼓動が速くなった。今度は何をされるのかと思ったが、パンの袋を開け、オレの目の前に置いた。

「お腹空いたでしょ？　私が帰るまで、このままでいて」

と言い、神原喜代美は部屋から出て鍵を閉めていった。瞬時の恐怖で頭皮に汗をかいた。神原喜代美はオレの食事をコントロールしようとしている。神原喜代美はオレの感情全てを支配しようとしている。

しかし、一方で食事を与えられて、感謝している気持ちもあった。封が開いているパンが目の前にある。急激に腹が減った気がした。腹が鳴った。オレは体を起こし膝を立て、開いていない方の袋を口にくわえ、中のパンを外に出した。床にパンが転がった。オレは犬のように口だけでパンにかじりついた。コロッケのソースが口元に付いたが、気にする余裕はなかった。寒さのせいか、パンも冷えていた。背中に当たる手錠が痛かったが、他にどういう食べ方をしたらいいかわからなかった。

神原喜代美の兄に先に聞いておいて良かった。オレは神原喜代美に洗脳されない！ 先に聞いておかなければ、恐らくオレは神原喜代美に支配されていただろう。それでも、神原喜代美に対し「ありがとうございます」と感謝している自分がいた。オレは神原喜代美に支配されないと呟きながら、パンを食べた。床に転がっているのでゴミや埃が付いているだろうが、気に掛けないようにした。

パンを食べ、落ち着くと、今度は今まで掛けていた毛布が自分に掛けられなく苦労した。横になっては足で毛布を整えて、自分から毛布に潜るようにした。しかし、潜ろうとすると、毛布も一緒に擦れ、なかなか肩まで掛けることが出来なかった。いくら日が出て夜中より暖かくなったとはいえ、暖房を付けない部屋は寒い。

毛布を掛けるまで1時間近く掛かったと思う。何とか胸まで毛布が掛かると、自分は何をしているのかと思い始めた。しかし、オレは何とかそこで悔しい思いを留めた。これも神原喜代美の作戦かもしれない。鳥の声を聞き、生きていることを実感し、神原喜代美に支配されないと言葉に出して、自分の意思をしっかり保った。

そのうち、オレはいつの間にか眠っていた。腕の痺れが気になって起きたが、眠さの方が勝った。苦労しながら寝返りをうち、またしてもウトウトした。眠りながらも神原喜代美が今、家にいないことが安心出来ているのだと、自分の心の状態を推測した。

閉じ込められている部屋の鍵がガチャガチャ言った。オレは一瞬で目覚めた。覚醒と言っていい程、目が見開き、体が強張った。太陽の光は白から少しオレンジがかっていた。次は何をされるのかと思い、心臓を掴まれたような感覚になった。

ドアが開いた。そこに立っていたのは神原喜代美の父親だった。

余光

「今、外す」

オレは何が何だかわからなかった。神原喜代美の父親は、掛け布団と毛布を剥ぎ取った。体温が一気に奪われた。神原喜代美の父親はオレの体を起こし、手錠をいじっていた。神原喜代美の父親が手錠をいじる度に、手錠が手首に当たり痛かった。

「アイツ何してるんだ。可哀想に」

オレは神原喜代美の父親に身を任せた。

「僕は決めたんだ」

と神原喜代美の父親は、オレに言ったのか独り言なのか、わからないボリュームで言った。

「喜代美がこんなことをしたのを許してやってくれ。僕は、僕は喜代美を許せない」

何がどういう話なのか全くわからなかった。

「君に対し、こんなことを一晩もさせていたなんて、バカな娘だ！　もう我慢ならない！」

オレは「別にいいですよ」とは言えなかった。手錠が解けると、安堵感と共に不思議な感覚が湧いてきた。ふつふつと胸の辺りに湧いてくる感情……気付くのに少し時間が掛かった。怒りだった。

「鍵を探すのに半日掛かった。もっと早く見つけられれば良かったんだけど…」

それに対しては、感謝の言葉を言った。神原喜代美の父親は目線を下げ、悲しそうな顔をした。オレは様子がおかしいと思い、神原喜代美の父親をジッと見た。すると、神原喜代美の父親は弱々しく喋り出した。

「喜代美と昨日、言い争いをしたんだ」

それは知っている。神原喜代美はオレに手錠を掛けて、下で父親と大きな声で何かを言い争っていた。

「……落とす気らしい」

オレは反射的に「何を？」と聞いた。愚問だった。

「核を…」

答えを予想していたが、オレは改めて驚いた。何がどうなるかわからないが、オレは生命が奪われると思った。それはとてつもなく大きい恐怖であり、オレにどうにか出来る話ではないと感じた。

「頼みがある」

と神原喜代美の父親が短く言った。

「喜代美を……娘を……『かごめ』に掛ける…」

神原喜代美の父親は苦しそうな表情を浮かべた。

「お願いだ…。喜代美を…娘を実の父親である僕が仕掛けるのは忍びない。君が国民に、喜代美を『かごめ』に掛けると言ってくれないか？」

オレの心臓の鼓動は今までになく速くなった。

「でも…」

とオレが言うと、神原喜代美の父親は怒鳴った。

「僕の決心が揺るがないうちに頼む！　日本を、いや、世界を……世界を守る為に！」

神原喜代美の父親は、泣きながらオレの肩を揺すり、そしてオレの顔に爪を立てせがむ。神原喜代美の父親は、生き地獄をさまよっているかのように顔を歪めた。見方によっては殺してくれと言っているようにも見える。

オレは改めて「いいんですね？」と力強く聞いた。

「恥ずかしい話だが、今頼れるのは君しかいない」

オレは頷いた。そして、どうすればいいかを聞いた。

「喜代美が今何をしているのかわからない。つまり何を企んでいるかわからない。外に出て喜代美に見つからないように。丘を降りると二股の道があるから、左の道を進んでくれ。そこに民家がいくつかある。茶色い塀の家にアベカワという人が住んでいる。その人に今晩、いや、早ければ早い程いい。喜代美を……『かごめ』に掛けると伝えてくれ！　そのアベカワという人はこの地域の連絡網を司っている」

神原喜代美の父親が泣きむせびながら喋っているので、きちんと聞き取れたか少し不安だった。場所と名前だけはもう一度確認した。

「喜代美だけには絶対見つかるな。アイツは何をするかわからない。手錠を外して外にいるだけで、アイツは気が狂ったように君に攻撃してくるに違いない」

オレは今までにないくらい鳥肌が立ち、身震いが止まらなかった。

「僕が行ければいいんだが……娘を……いや……」

と神原喜代美の父親は言葉を濁した。「殺す」という言葉を使いたくなかったのだろうか、神原喜代美の父親はオレに引け目さえ感じているように見えた。

「息子の方は……本当に……僕の味方かどうか…。本当のところ判断が出来ない。情けない話ばかりで申し訳ない」

オレはそれには、「いえ…」と言葉を返した。

「喜代美が帰ってくるといけない！　悪いが頼む…」

オレは「わかりました」と言い、部屋を出て階段を駆け降りた。

一瞬、玄関が恐ろしかった。オレが靴を履いた瞬間に、神原喜代美が玄関のドアを開けるのではないかと恐怖した。オレは靴を素早く履き、玄関をゆっくり開けるという支離滅裂な行動を取った。ドアを開けると、全てが疑わしく見えた。木陰に、塀の後ろに、道の曲がり角に、はたまたもうすでに帰って来ていて、すぐ背後からつけて来ているのではないかと思い、恐怖で目の前が白く濁って見える。心臓を吐き出す程の圧迫感を強いられ、筋肉が緊張しているのか、普段だったらつまずくことのない砂利道の石に、頻繁に足を引っ掛ける。自分がケルベロスから逃げる亡霊だと錯覚した。

今日も風が強かった。吹く度に体温が奪われるようだった。家から出た時、風の強さも気付かない自分がいたことに驚いた。これ以上怖いと思うことはないが、一方で不思議な解放感があった。昨日の夜、手錠を掛けられ、生涯、神原喜代美の思うままに生かされるかもしれないという思いからの解放感だと思うが、実際は一体何なのかはわからない。

もしかすると、神原喜代美の父親に頼られ、オレにしか出来ない重要な仕事を任されたという充実感かもしれなかった。そう思うと、オレの足は1歩ずつ前に進んだ。恐怖という大きな壁が迫ってきても、成し遂げなければならない仕事をこなそうという気持ちが足を前に進める。かと言って、神原喜代美の恐怖からは逃げられるはずもなかった。雑木林の中にいるのではないかと疑ってみたり、前方から神原喜代美が歩いてきた時にオレはどういう行動を取ればいいのかと考えてみたり、オレはひょっとして神原喜代美の父親に騙されていて、アベカワというヤツの家に神原喜代美が先回りして待っているのではないかと、起こりうる恐怖を全て並べてみた。どれにしても、オレが手錠を外している時点で言い訳が出来ない。風が木の枝を叩き、言い方を変えれば、木の枝が風を切る。ヒュルリーと甲高い音が不気味さを煽る。1歩ずつジャリッジャリッという音を確かめて進む。半分くらいまで来ただろうか？　1人で歩くのは初めてだから、感覚がわからない。

一瞬、耳を疑った。オレの他にもう1つ砂利道を踏む足音が聞こえた。オレは心臓が止まりそうになった。前方から誰かが歩いて来た。女性だった。30メートル程離れているが、オレの視力だと確認出来ない。今度こそ心臓を吐き出しそうになった。しかし、よく見ると、向こうがこちらを意識している様子がない。恐らく大丈夫だろうと確信しながら、ゆっくり1歩ずつ前に進んだ。この距離まで人がオレに近付いていることに気付かないという事実にオレは震えた。さらに近付いてみると、神原喜代美より10歳程、年上に見える女性で、神原喜代美に似ても似つかなかった。

もしこれが神原喜代美だったら、どうしていたのだろう？　背を向けて逃げるという原始的な方法を取るしかない。その時は自分の力ではどうにも出来ない。神原喜代美の父親に助けを求めよう。

見知らぬ女性は横を素通りして行った。太陽の光はさっき見た時よりもオレンジ色が濃くなっている。風が枝を叩く音でオレの肩は反射的に上がる。まだこの時間だったら、辺りを見渡せる光の量だった。

走って行った方がいいのだろうか？　ひょっとしてそうなのかもしれない。神原喜代美の父親は、いち早くアベカワに「かごめ」を今夜決行することを伝えて欲しいと言っていたような気がする。アベカワにしても、地域の人間に連絡するのに時間が掛かる。オレは神原喜代美に打ち勝つ為に走り出した。朝からパン1つしか食べていないので腹に力が入らなかったが、オレは自分の力を出せる範囲で走った。激しく砂利を踏む音が近所中に聞こえるんじゃないかというくらい、激しい音がした。

走ると視野が狭くなるような気がして、歩いている時よりも注意深く辺りを見渡した。どこかでカラスが数羽騒ぎ立てる。それが耳に入ると、近くの雑木林の中に止まり木があるのか、スズメが異常な鳴き声を立てているのに気付く。オレをはやし立てている暗示にも聞こえた。

丘を降りきると、また急に恐怖に駆られた。視界が広がったからだ。今までは前方、後方を気にしていれば良かったが、道が開けて360度注意を払わなければならない。丘を降りきった前方には、冬のせいか荒田が広がる。太陽の色は夕陽になりかけていた。今何時なのだろう？　丘を降りきると道も舗装されている。右側の道を見ると大きな木々が幾つも重なり合い、折り合い、深い影を作っている。その木々に阻まれ、昼間でも太陽が当たらないらしく道は濡れている。

二股の道はどこだろう？　父親の説明が不足しているのだろうか、進むべき道に不安を覚える。左の道を進めば、民家らしきものがあるから、恐らくこっちだろうと予想を立てた。左に進むと中央に地蔵が置いてあり、そこから道が分かれていた。地蔵のよだれ掛けは赤だったのだろうが、誰も手入れをしていなく、雨風に晒され色褪せている。よく見ると、目も鼻も風化して削り取られ、顔立ちがはっきりしていなかった。しかし、地蔵の足元には湯呑みが置いてあり、水が入っていた。オレは左の道を進む。すると、何軒かある家の中に茶色い塀の家を見つけた。表札を見ると「安倍川」と書いてあった。

オレは1回息を飲み込み、チャイムを押した。中からの反応はなかった。オレはもう一度呼び出しを押した。すると、すぐに中年の女性の声が聞こえた。ドアの向こうから「どちら様ですか？」と警戒しているような声が聞こえた。多分、オレの姿を中から見て、見覚えのない人間が家を訪ねてきたから不安に思っているのだろう。オレは喋るべきことを頭でまとめた。

「神原さんの使いでやって来ました」

中の中年女性は一瞬、黙った。そしてすぐに「ちょっと待っててください」と言い、廊下を駆けて行く音がした。1分もしないうちに玄関のドアが開いた。中から口髭を生やした50代半ばから後半の男性が出て来た。上下、黒のスウェットを着てサンダルを履きかけていた。眉間に皺を寄せているのは、オレが誰かわからない警戒心からなのか、今から何を言われるか見当が付かない不安からなのか、とにかく顔に力を入れていたことには間違いなかった。

「使いというのは？」

と安倍川の方から喋り出した。

「神原さんからことづけを頼まれました」

一瞬の沈黙が2人を包んだ。

切り出したのはオレだった。

「神原喜代美さんのお父さんが、喜代美さんを『かごめ』に掛けると」

安倍川は目を見開いた。視線を外し、少し下を向いて何かを考えていた。

オレが「これで失礼します」と言おうとすると、安倍川がブツブツと何かを言った。多分、「いよいよか…」と言ったと思う。安倍川はもう一度、オレと目線を合わせた。

「オレと神原さんは昔からの友人で……。戦友と言ってもいいかもしれない…。本当にいいんですね？」

それに対し、オレは返事が出来なかった。

「戦友ですが…、今回のことは…、いえ、何でもないです。確かに承りました」と安倍川は言った。言ってすぐに安倍川は目をもう一度、見開いた。

「首……突っ込む……なよ…」

背後から、冷徹で怒りに満ちた声がした。単語が途切れ途切れなのが怒りを表している証拠だった。オレは足の先から頭のてっぺんまで鳥肌が立った。まるで首が錆びたようにギシギシと言っているようで、振り返るのに時間が掛かった。

振り返ると、そこには神原喜代美が立っていた。髪が風でなびいて顔を隠していた。オレを睨んでいる目だけが見え、両手は握り拳を作っていた。その拳は怒りのせいか震えていた。

オレは腰を抜かして、その場に座り込んだ。2メートルも離れていなかった。1歩近寄ってきた時にオレの口からは小さな悲鳴が漏れた。思わず右手で口を押さえた。口に当てている手が小刻みに震えていた。

「何を…しているの？」

オレは「アーアー」と声が漏れ、止めることが出来なかった。

「あの親父…、ほら…、余計なことを…吹き込んでいる」

神原喜代美はもう1歩近付いてきた。

「あの人は私より上のことを考えているのかなぁ？」

と神原喜代美は叫んだ。オレは尻餅を付いたまま後方に少しずつ下がる。

「全部喋れよ！　ここに何しに来たぁ？」

と神原喜代美はオレの胸ぐらを掴んで、前後に揺らした。

「大丈夫、大丈夫！　喜代美ちゃん！」

と安倍川が叫ぶが、神原喜代美は聞いていなかった。オレは神原喜代美を威嚇する為に、腹の底から声を上げた。


「うわあああアアアアアアアアアアア」

神原喜代美は一瞬怯んだ。オレはその隙をついて、掴まれている胸ぐらの手を両手で外し、神原喜代美の手を捻り上げた。

「イタイイタイイタぁイ」

と神原喜代美が叫んだ。オレは神原喜代美を突き飛ばした。その隙に、オレは立ち上がり走った。来た道とは逆の方向だった。無我夢中だった。振り返ると、神原喜代美はすぐに立ち上がり、追いかけてきた。

恐怖が具現化し、追いかけて来るようだった。神原喜代美は鬼の形相をしている。オレは足元を見ていなかったので、安倍川の庭の池に落ちた。落ちたが、オレはそのまま突き進んだ。オレの目には神原喜代美がズームアップしたり小さくなったりして映った。脳がパニックを起こしているのがわかった。パニックを起こしていることを自覚すると、益々パニックになった。

塀を登れるのかと思ったが、普段出せる力の限界が解放されたのか、いとも簡単に塀を乗り越えることが出来た。降りる時に振り返ると、神原喜代美も池を直進して来ていた。神原喜代美の黒いズボンはビショビショだった。

オレはとにかく直進した。神原喜代美は塀に手を掛け、登ろうとしている。オレは雑木林の中に逃げ込んだ。一度振り返り、神原喜代美の様子を見た。神原喜代美の手は塀に掛かっていなかった。さすがに女性だと塀を登ることが出来ないのだろう。オレは先入観で、神原喜代美は何でも出来る超人的な人間、モンスターのように思っていたが、その実、身体的能力は普通の女性と変わりないことに初めて気付いた。

どうすれば神原家に帰れるのか、こんな時だから冷静に考えてみようと思った。直進すると家から遠くなるかもしれない。神原喜代美が塀をよじ登る前に、安倍川の家の前を通り過ぎれば、来た道に帰れると考えていた時に、神原喜代美は入り口に回って来て、辺りを見渡した。オレと神原喜代美は、シンクロしたようにバチッと目が合った。その瞬間に神原喜代美はこちらに向かって走って来た。手には包丁を握っていた。オレはまたしても腰を抜かし、反転して転んだ。しかし、すぐに立ち上がり、神原喜代美とは逆の方向に走り出した。転んだはずみで膝を擦りむいた。右の膝は泥だらけになった。右足に力を入れる度にヒリヒリする。擦れた痛みは感じるが、前にバットで殴られたところは痛みを感じなかった。オレは木々を避け、直進した。

こういう場合は逃げる人間より追う人間の方が速い。オレがいつだったか、サトシを追いかけ、捕まえた時のことを思い出した。逃げる人間はどのように逃げようかと考えながら逃げるが、追う人間は逃げる人間のあとをただ追えばいい。オレは逃げる道を知らないから、ひょっとしたらこの先には崖があるかもしれないと思いながら進む。捕まったらその場で殺されるかもしれない。あの怒り方は滅多刺しだろう。オレは死を意識することによって、上がった息が整うよう、体にお願いをした。

木に登るというのはどうだろう？　さすがに女の腕力で木に登ることは出来ないだろう。いや、一か八かすぎる。それに木に登るには、オレと神原喜代美の距離が近過ぎる。20メートルも離れていない。

「ちょっ……ちょっと……待って」

と神原喜代美が女の声を出した。オレは振り返ると、神原喜代美も息が上がっていた。オレは構わず走った。

「話を…聞く…だ…」

オレは騙されるかと思い、そのまま走り続けた。話を聞くだけだったら、包丁はいらない。雑木林の中なのではっきりとはわからないが、太陽の光はオレンジ色というより橙色になってきている。もうすぐ日の入りなのだろう。オレは上がった息を整える為に足元を見ながら、危ないところはゆっくりと踏み込んだ。

　遠くで神原喜代美が何かを叫んでいる。何を言っているか内容はわからなかった。しかし、神原喜代美の声を聞くと安心する。どのくらいの距離が離れているかわかる。オレの把握できている範囲に神原喜代美がいるということが、どれだけ安心する材料になるか初めて知った。神原喜代美にとってここは生まれ育った土地だから、何らかの近道を知っている可能性がある。オレはただ無我夢中に直進してきただけで、自分のいる場所が一体どこなのかさっぱりわからなかった。土地勘がないのがこんなに不利なことだと改めて思った。オレは今までそんな場面がなかったので、自分の方向感覚が鋭いのかどうか、考えたことがなかった。

　先ほどよりも神原喜代美の声が小さくなっている。オレは息が上がってはいざという時に走れないと思い、ゆっくり歩くことにした。耳を澄まさなければ、神原喜代美の声を聞き取ることが出来なかった。オレは神原喜代美の声を見失わないように歩いた。

　太陽の光が弱くなっている。沈みかけているのだろう。オレは日の当たるところを探し、太陽の位置を確認しようと思った。太陽が沈み、こんな場所で土地勘もなければ、それこそ方向を見失う。オレは上を見上げ、辺りを見渡した。するとオレにとって何か得なものが映ったような気がした。「落ち着け」とオレは自分を叱責し、もう一度辺りをよく見た。

神原喜代美の声はまだ遠い。

急な斜面の上に、民家の屋根が見えた。木々の葉が邪魔して全体はわからないが、ひょっとしたら神原家かもしれないと思った。家まで行けば、神原喜代美の父親に守ってもらえる。方角的にもそんなに間違っていない。オレは自分の方向感覚を信じた。

一か八かというのは、こういうものだと思う。オレはさっきパニックになって木の上に登ることを考えたが、何の勝算もなかった。勝算があって、初めて一か八かだ。勝算がないものはヤケクソだ。オレはそんなことを考えながら斜面を登り始めた。地面がぬかるんでいた。1年を通してこの場所は日が当たらないのだろう。急な坂で足が取られ滑る。オレは登ることに集中をしながらも、神原喜代美の声を聞き落とさないようにしなければならなかった。神原喜代美の声はまだ小さかった。低く生えている枝に掴まっている時は登れるが、何か掴まるものがなければ転んでしまう。オレの膝、肘は泥だらけになった。少し登ってはずり落ちる。回り道をした方が早いか……。いや、暗くなってからだと、本当に道に迷うかもしれない。枝を掴むまでは胸を地面に付けよじ登り、次の枝や草木を掴むが、それも抜け、またずり落ちる。さっきの声からすると、まだ神原喜代美がここまでたどり着くには時間が掛かる。オレは地面にめり込んでいる石をなるべく探して、足掛かりにする。なるべく強そうな枝や草木に掴まる。それも太陽の光が弱くなっていて、目で捉えにくくなっている。神原喜代美の声にも神経を配るが、神原喜代美の声は聞こえない。どこから入ったのか、小さな虫が腹を這う。顔にも虫が這っている。しかし、オレはそんなことを気にしている場合ではなかった。

顔に付いた泥は冷たかった。五感が集中していない自分に少し腹が立った。全神経を集中すれば、掴むべきものはわかるような気がした。それが泥が冷たい、虫が這うなどに気持ちが取られるから、弱い草木を掴むんだと思った。

下から5メートルは進んだ。頂上まであと15メートル程だった。またしてもすぐに抜ける雑草を手にしてしまって抜け落ち、少しでも下がらないように顔を地面に擦り付けた。

「見つけた…」

オレは恐る恐る振り返ると、坂の下に神原喜代美がいた。

「降りて来て…」

抱擁

オレは悲鳴を上げた。

「来るな来るな来るな来るな」

オレは、その単語しか知らないかのように繰り返した。

「お願い。降りて来て」

暗くて神原喜代美の表情は見えなかった。どんな感情なのかがわからない。

「近寄るな！　化け物がぁ」

「化け物？　化け物にストーカーしてたの誰？」

「こんなに近くにいるはずないだろ？」

「あぁ、そういうこと？　声のトーンを落としていただけ…」

「どういうことだ？」

「私が遠くにいると思って歩調をゆるめると思ったから。こんなの日本の警察でも使う手法だよ。そんなことより降りて来て」

「降りてどうするんだ？」

神原喜代美は坂を登り始めている。しかし、神原喜代美も泥に足を取られて膝に泥を付けた。

「痛い…。お願い。話をするだけだから…」

「嘘つけ！　話をするだけなのに包丁がいるかよ！」

「女だからだよ……。腕力であんたに殴りかかられたら、私殺されちゃうもん」

「嘘つけ!!」

オレは近くにある雑草を掴み、坂を登り始めた。

「私とあなたで手を組もうよ」

オレはそれには答えず、さらに登り続けた。全神経を坂を登ることだけに集中させた。神原喜代美がそれからも何かを言っていたが、オレの耳には届かなかった。登ることだけに神経を集めると、不思議と登るべき道がわかった。死を目の前にすると、土壇場の力と第六感と5メートル程登った経験が生きて、適切な判断が出来た。死にもの狂いが人間を開花させる。適切な判断力が自分を導いてくれることがわかった。寒さ、虫、神原喜代美の声がこれまでオレの判断力を妨げていた。

オレは一気に頂上までたどり着いた。オレは気がゆるんだのか、まともに走れず、這いながら玄関のドアを開けた。

「お父さぁぁぁん！」

神原喜代美の父親は何事かと居間から玄関に駆け寄って来た。

「何があった？　とにかく入れ！」

オレは靴を脱ぎ上がろうとすると、靴下も泥だらけだった。

「中から鍵が掛かる部屋はありませんか？」

とオレは靴下を脱ごうとしたが、父親はそんなことといいからこっちへ来いと言って、居間に連れて行かれた。

「ここじゃなく…」

「落ち着けぇぇぇ!!」

神原喜代美の父親は、オレを恫喝するように叫んだ。

「状況がわからなかったら、正しい判断が出来ない」

オレは「すみません」と言い、安倍川にことづけを言った時に、神原喜代美に見つかり、包丁を持って追い回された話をした。

「確かに安倍川さんには、喜代美を『かごめ』に掛けると伝えたんだな」

と言い、静かにオレを抱き締めた。オレはそう言われると、ちゃんと伝えられたか自信がなくなったが、間違えようがないと思い頷いた。もしかして神原喜代美の父親を「かごめ」に掛けると伝えていないか不安になったが、そんなことを考えていると、神原喜代美の父親はさらに強くオレを抱き締めた。娘を今から亡くす父の気持ちを表しているようだった。

神原喜代美の父親は細かく震え出した。

「君に迷惑を掛けてしまった。君が帰って来るのが遅かったから何かあったと思ったんだが、探しに行けなかった。もし入れ違いで君がここに助けを求めても、僕がここにいなかったら不安になるだろ？」

神原喜代美の父親はオレのことを心配して細かく震えていた。父親は静かにオレを離し、喜代美がここに来ても自分が守ると言った。ここで大丈夫かと辺りを見渡そうとしたら、同じ部屋に神原喜代美の兄がいてギョッとした。カガワもいた。2人共何も言わなかった。オレは神原喜代美が恐ろしいということに思考が支配され、周りが見えていなかった。神原喜代美の父親はオレに付いていた泥で泥だらけになっていた。それを気にする様子はなかった。

オレはソファに腰を掛けさせられた。誰も何も喋らなかった。神原喜代美の父親は何かを必死に考えているようであった。突然、神原喜代美の兄が口を開いた。

「全てにおいて、時期が早いんじゃないですか？」

「お前は口を出すな！　オレの言ったことを黙って聞いていればいいんだ。違うか？」

神原喜代美の父親が切り捨てるように言うと、神原喜代美の兄は黙った。神原喜代美の父親は何かを睨んでいた。神原喜代美の兄は瞬間、悔しそうな顔をした。オレは何を考えていいかわからないせいか、急に自分が住んでいた部屋のことを思い出した。四つ角まで死臭が沁み渡っているあのヘドが出るような部屋……地獄だ。ずっと地獄が続いている。地獄の汁を、煮え湯を否応なく飲まされ、ただれた食道、胃を通り、トゲトゲとした血になり、毒々しい肉を作るが、それでも尚、汁を、煮え湯を飲まされる地獄。オレの生み出した地獄。ただゴミを取るだけだった。ただ神原喜代美を追うだけだった。あの死臭から逃げた代償を今、受けている。

10分後、玄関のドアを開ける音がした。神原喜代美の兄とカガワがその音に反応した。父親は何かを決意した顔をした。

居間に入って来たのは神原喜代美だった。

叫び

数秒間の沈黙があった。最初に口を開いたのは神原喜代美だった。

「仕組んだね？　後悔しないでよ」

神原喜代美は息切れしていた。神原喜代美の父親は口角を上げた。

「オレが何を後悔するんだ？」

神原喜代美にあれだけ追われたのに、父親と喋っているところを見ると、オレは無視されているようだった。実際、神原喜代美の目にオレは映っていない。

「息子が父親の幻影を必死に超えようとする話は聞いたことがあるが、娘が父を超えようなんて話は聞いたことがない」

「何を訳のわからないことを言ってるの？」

「女は無理だ。持ち場が違う。生まれた瞬間、その資質に持ち場、持ち前が与えられる。女は頂点に立ってはダメだ！　女は自分の力以上のものを欲しがる」

「そんな話はしていない」

神原喜代美は下を向いて、細かく震えている。

「歴史が証明してるだろ？　エリゼベード、エレナ、メアリ、妲己、権力に狂った女はいくらでもいる。お前が日本やハンシュウ、周りの人間に対してどれ程、惹き付ける能力があるかは知らないよ。だがな、性欲を武器にする女は必ず、最終的に自分が苦しむ」

「男もだよ」

神原喜代美は手を拳にして、震えている。

「それがわかっているなら、たいした…」

「話をでかくして論点をずらすな!!」

神原喜代美が叫ぶと、一瞬の静寂が訪れた。

「お前がハンシュウを支配するつもりか？」

「あんたより、うまくやっていける自信がある」

「世界は頭打ちだ。何か根本的に変わるものがなければ、世界が変わっていくことはないだろう。その指導者にお前はなれない。世界を見てみろ！　アメリカ、ロシア、イギリス、フランス、中国、インド、パキスタン、北朝鮮。その中にハンシュウも入っているが、各国が核を保有して、日本を鬼に仕立てて世界中で『かごめ』をやっているようなもんだ。この均衡バランスなんて、明日も平和に過ごせるという不確定な希望的観測で保たれているに過ぎない！　平和になる為には…」

「破壊だって言うの？　お前はただの女々しいロマンティストでしかない！」

神原喜代美は叫んだ。

家の外の様子がおかしい。2人が叫んでいるからわからなかったが、騒がしかった。

歌？　そう、歌が家の周りを包んでいた。その歌は一体感と決意、歓喜と残虐性を含んでいた。

オレは窓に駆け寄り、カーテンを開けた。ザッと見るだけで100人以上いた。

そいつらの目を見ると、今から人を殺すという殺気に満ち溢れていた。

「お迎えが来たみたいだな！」

と神原喜代美の父親が言った。

いついつで〜やる〜

「私のセリフだよ…」

と神原喜代美は微笑んだ。

「何を強がってるんだ？　気でも狂ったか？」

……晩に〜

神原喜代美は細かく肩を揺らしていた。

「……っつはは、アハハハハ……」

神原喜代美の父親は明らかに戸惑っていた。

「何がおかしいんだ？」

後ろの正面だ〜れ
「バカだね！　掛かった、掛かったぁ！」

神原喜代美の父親は、見たことのない生物に出くわしたような顔をしていた。

「私を『かごめ』を掛けるようにお父さんから言われたらいよいよだから、お父さんを『かごめ』に掛けるように先に言っておいたんだよ」

窓からものすごい音がした。石が部屋の中を転がった。窓ガラスが割れた音だった。

か〜ごめか〜ごめ

「何だとぉぉぉ？」

と神原喜代美の父親は叫んだ。

狂ってる……。この国は狂ってる!!

神原喜代美の父親を殺して、神原喜代美をリーダーにして核爆弾を放ち、日本を支配しようとしているのか？　この国の国民は話し合って、神原喜代美の味方をしようと判断したのか？　犯罪者の集まりはそこまで欲深いのか？　神原喜代美の指導力は本物だ。

しかし……でも……そんな国が存在してはいけない。

「その為に朝から自分の足を使って、1軒、1軒回ってきたんだよ！　私の足の勝ちだね！　お前は結局自分では動かない！　いなかった人に連絡網で回して貰おうと安倍川さんの家に行ったら、コイツがいたんだよ」

鶴と亀がす〜べった〜

「殺されるのはあんただよ!!」

「アアアァ？」

神原喜代美の父親は窓に駆け寄り、叫んだ。

「中止だ、中止だぁぁ!!」

神原喜代美の父親は呻き声を上げた。石が額に命中した。神原喜代美の父親は額から血を流している。

狂ってる……。全員狂ってる……。

か〜ごめか〜ごめ

＊

神原喜代美の兄は「台所に行けば、乾きものがまだあると思うよ」と言い、それを聞いたサトシが「イタタタ…」と言った。

「足が痺れちゃって…」と足を押さえている。サトシは「いいっすか？」とオレの方を見ていた。最初、意味がわからなかったが、どうやらオレにつまみを取って来いということらしかった。

「いいよ」と言い、オレは台所に行った。冷蔵庫の隣の棚にピーナッツとポテトチップスとビーフジャーキーがあった。

オレは引き出しを開けて見てみた。レンゲが五本と果物ナイフとワインオープナーが入っていた。

居間から「わかります？」とサトシの声が聞こえた。

＊

「果物ナイフってどこにあるんですか？」とサトシが台所で叫んだ。

＊

「果物ナイフがなかったら包丁があるだろ？」と神原喜代美の兄は叫んだ。

＊

オレは背後に回って、神原喜代美の背中に果物ナイフを刺した。さらに引き抜き、もう一度、神原喜代美の背中に突き刺した。神原喜代美は呻き声を上げる。オレはさらにスピードを上げ、何度も何度も神原喜代美の背中に果物ナイフを突き刺した。引き抜くスピードが速いから、顔に返り血を浴びた。オレは人を殺す時、いつも背中からだなと思っていた。自分でも異常だとは思うが、不思議に行動に移すと冷静だった。

これは日本に対する愛国心なのだろうか？　日本に核爆弾を落とさせまいと思ったことは確かだった。自分でも説明が出来なかった。日本に対し、何かを思ったことは一度もなかった。でもオレは今、横たわっている神原喜代美に何度もナイフを突き立てている。

神原喜代美は血まみれだった。オレも血まみれだった。

籠の中の鳥は〜

神原喜代美の父親は口を開けたままだった。

「よくやった、よくやった」

と神原喜代美の父親はやっと言葉を見つけた。神原喜代美の父親は顔中血まみれでオレに近付き、オレを抱き締めた。

オレも神原喜代美の父親も血まみれだった。オレは泣いた。

その理由はわからなかった。

神原喜代美の父親はオレに背を向け、窓に行き、さらに中止だと叫んだ。

「喜代美は死んだ！　『かごめ』は終わりだ!!　残ったのはオレだ!!」

歌は終わらなかった。

神原喜代美の父親は外に連れ出された。

「やめろぉぉぉぉ！」

野太い断末魔が耳をつく。なぜか異常に不快であり、心配だった。

鈍い音が庭でしている。角材を振り下ろしたところだけ見えた。その角材を握っていたのはアガワだった。テッちゃんの姿も見えた。オレは目を逸らした。時折、神原喜代美の父親の呻きが聞こえる。

……次はオレだ。

神原喜代美を皆が見ている前で殺した。

この国のルールでは、犯罪者は「かごめ」に掛けられる。

「アハハハハハハハハハハハハハハ…」

神原喜代美の兄が狂ったように笑い出した。

何がなんだかわからなかった。

「最後に笑うのはオレだ!!」

神原喜代美の父親を殴る音が耳に入る。

歌も止まらない。衝撃的なことが起こり過ぎて、オレが考えられる範囲をとっくに超えている。

「核爆弾を落とそうとしていたのはオヤジだ！」

コイツは一体何を言っているのだろう？

「オヤジが核爆弾を落とそうとしていて、喜代美が一生懸命止めようとしていたんだ！　必死だったんだ。その必死さが仇となったんだな。あんたに何も説明がなかったろ？　そこが喜代美のいけない癖だ」

オレは黙って聞くことしか出来なかった。早く次の言葉が欲しかった。

「オヤジはあんたに喜代美が核爆弾を落とそうとしていると言っていたろ？　実際は逆。オヤジが落とそうとしていたんだ。洗脳だよ！　あんたはオヤジのことを信じきっていたね？」

「……嘘でしょ？」

「嘘じゃない。でも勉強になったよ。生きた教材を目の前で見られて。どうやって洗脳するか手順が見られた。最初に信じ込ませれば、なかなか先入観から抜け出せない。あとは……確かに手綱のゆるめ方だ」

外で何かが潰れる音がした。

「ただオヤジの弱点は、群衆をコントロール出来ない。今だってそうだろ？『かごめ』に遭っている。子供騙しのリーダーシップは発揮出来るよ。ただ、やはり子供騙しだ。個人個人洗脳しなきゃならない。その能力は飛び抜けて卓越している。しかし、オヤジは人の欲をコントロールしないと支配出来ない」

神原喜代美の兄の口からは〝待ってました〟とばかりに言葉が溢れる。

「喜代美は群衆をコントロールする能力はすごいよ。それは認める。でも、喜代美は個人に対して愛情がなさすぎる。何の説明もしないで、支配しようとする。それがこの結果だ…」

と神原喜代美の兄は神原喜代美を見た。神原喜代美は血まみれで息絶えていた。

「2人の弱点は…」

神原喜代美の兄は今まで溢れ出すように喋っていたが、そこで言葉を切った。

「オレを甘く見ていたことだよぉぉ！」

神原喜代美の兄は、天井を見ながら高笑いした。神原喜代美は神原喜代美で必死だったに違いない。しかし、神原喜代美はオレに弱点を見せなかった。それがオレにとっては恐怖に映った。

何でこんなことになったのだろう？

オレは一介のストーカーだったはずだ。

小さな事件は、いずれ重大な事件を引き起こす。

ただのストーカーだった人間がいつの間にか部屋に入り、支配しようとして、用が済んだら殺す。

ハハ、何とも身勝手な話だと理解は出来る。

ただ、オレもそうなっていた可能性は十分にあるし、確率は高い。

ハハハ、これは一体何の話だ？

一介のストーカーが巻き込まれる話じゃないだろ？

……ハハハ、いや、どういう過程を経たのかは置いておいて、結果オレは神原喜代美を殺害しているじゃないか？　アハハハハハ、オレはストーカーが歩むべき道をきちんと歩いているじゃないか？

オレと神原喜代美の兄は、天井に向かい高笑いをしている。

この国は何だ？

裁判がないから、風評1つで刑が執行される。

群衆は神原喜代美の父親を完全に殺し、そして部屋の中になだれ込んできた。

「オヤジィイ！　かごめの日に雪じゃなくてごめんな！　ハハハ！　助かったよ、あんた！　喜代美も邪魔だったからさ！　オレが殺す訳にはいかないんだ！　『かごめ』が怖いからな！」

カガワは黙って頷いている。

「2人共死んだ！　核はオレの手の中にある！　最後に笑ったのはオレだぁぁ!!　行けぇぇぇぇ!!」

か〜ごめか〜ごめ

籠の中の鳥は〜

いついつで〜や〜る

夜明けの晩に〜

鶴と亀がす〜べった〜

後ろの正面だ〜れ

「あああああああああああああああああ！」

流れ込んできた群集は、我先にと狂気に満ちた表情を並べる。怒りに満ちた顔、喜びを噛み締める顔、感情が読み取れない能面のような顔。様々な顔が折り重なるように、隙間なくオレを見下ろしている。仰向けになったオレは、それらの顔1つ1つをじっくりと見ている。その顔はどれも鬼のようであった。

降伏編　完

あとがき〜文庫版に寄せて〜

俺？　これ書いたの、俺？　まぁもちろん携帯小説サイトに投稿した記憶もあるし、賞を受賞した記憶もある。出版した時に有吉さんにお祝いをして貰った記憶もあるから、間違いなく俺が書いているのだろう。

しかし、出版したのが今から6年前で、執筆していたのがその2年前とかなので、まるで覚えていない。

今回、「文庫化にあたり加筆修正お願いします」と言われて、読み返したら、「え？　何これ？　そんな展開？　うわぁ、気持ち悪りぃ。何考えているんだよ、作者の顔見て見てぇわ」って単純に思ったね。で、作者の顔、頭の中で想像したらおっかなかったよ。

人を殺したこともないのに、まるで殺した手応えを知っているかのような書きっぷりだし、人の肉を口にしたことないのに、まるで昔、食べたことがあって、「いや〜、あれはいまいちだったな」みたいな口ぶりで書いている。自分で自分がおっかなかった。しかもその当時、「携帯小説は中高生に人気あるっていうし、彼らも読むかもしれないから手加減しよう〜。あまりグロいと未成年から嫌われるもんね♪」と考え、躊躇した表現もいっぱいあったことは少しだけ記憶にある。俺のグロポテンシャルは計り知れない。逆にこれは、外国の一部の熱狂的なグロマニアに向けて、キリで穴をあけるが如く一点集中、海外での営業を双葉社にお願いしようかとも思っている。きっと駄目だと言われると思うので、その役を俺は自ら買って出ようかとさえ思っている。

でもね、現実のニュースでは短絡的な事件に溢れている中、話の展開は結構、良くない（自画自賛）？

俺が6年振りに読んで、「次どうなるんだろう？」とか手に汗握っちゃったもんね。今、書けって言われても思い付かないもんね。あの時の精神状態じゃなければ、書けない。

よく神原喜代美の部屋のトイレに高井真郷の肉を流そうと思ったね？　神原喜代美の部屋のトイレが詰まらなくて良かったね？　とすら思っている。もし詰まっていたらどうなっていたんだろう？　こりゃ多分、人肉放置パターンだな。ラバーカップを使って努力はするけど、駄目だったら下手に業者を呼んでどうのこうのするより、帰宅した神原喜代美に「何で詰まってるの⁉」と自主的に業者を呼ばせるパターンに賭けるかな。でも大家さんに問い合わせる可能性があるからなぁ。じゃあ、神原喜代美の家のポストに自作で作った水道業者のチラシを入れておいて、うちの電話に繋がるように仕込むのはどうだろう。「トイレの詰まり初回限定お試し０円！２回目からは８０００円」とチラシに買いておけば、神原喜代美も飛び付くんじゃないかなぁ？　でもそれすらもハンシュウの人達に行動を読まれるかなぁ？　神原喜代美のことだから、そこをあえて引っ掛かった振りをして「オレ」に電話してくるんだろうな〜。

という具合に、この『かごめかごめ』という小説は、自分で勝手に〃怖いもの大喜利〃をしながら書いた。小説家って綿密なプランとかありそうじゃん？「最後盛り上げるために伏線をここで張っていて〜」とか。でも俺にはそんなもの皆無。決めていたことは２つ。

１つは、鬼を虐めること（携帯小説では『鬼虐め』というタイトルで執筆していた）。

もう1つは、「人を殺した」という書き出しから始めること。

この2つ以外は何も決めないで、書き始めた。プランも何もなく、その場その場で決めていこうと思いながら、書き進めた。自分が一番最初に読む読者でありながら、一番のファンになろうと思いながら、自分がもっともドキドキする展開を考えた。なので、「人を殺した」と書いた時には、まだ季節を冬にするということすらも決めていなかった。書き進めていくうちに「夏だと肉が腐っちゃうなぁ。じゃあ冬か」と決めた短絡的な設定だった。

神原喜代美も当初は普通の女の子だった。「オレ」があまりにも異常だったので、異常な「オレ」を支配するには……と考えているうちにこんな具合になった。

携帯小説サイトでの連載ということで、「毎日、習慣として覗きに来てくれる読者が増えたらいいな」と考えていた。だから今読み返してみても、1話、1話をなるべくねちねちとスルメを噛む如く、長くねぶるように文章を書いているのが手に取るようにわかるね。

でね、何より自分の本を読んで勉強になったのは、自分の求めていることが一貫して変わっていなかったということだ。

どういうことかというと、誰も解説してくれないから自分でするね。ねぇねぇ、フツーこういうのって誰かに解説書いて貰うもんなんじゃないの？　誰も解説してくれないから自分でしちゃうよ。

この小説で一番の肝は「オレ」が神原喜代美の要求に応えるところでも、拒絶するところでもない。ハンシュウでどう振る舞うか、抵抗編でどのような悲劇の結末を迎えるか、というところでもない。

もっともこの小説で読んで貰いたいのは、「オレ」が折り曲げられる指を見て、涙するところ。

当時から俺はこのことを大切にしていたんだ、と再確認出来た。それは、普段、当たり前に享受出来ていることがどれだけ有り難いものなのかを知る、ということだ。日常という言葉に置き換えてもいいと思う。

普段、指を曲げて「有り難いなぁ」と思う人はいないだろう。いちいちそんなことを考えていたら、生活出来ない。しかし、曲がらなかったらどうだろうか。ものすごく不便で苦痛に思うだろう。病気なんていうのもそうだよね？　熱が出ると健康がいかに大切か気付く、それと一緒。

つまり立ち返って、普段、何気なく過ごしている日常がとてもかけがえのないものだから、噛み締めて、募る不満もなるべく抑えて、楽しく、へらへらと一生懸命生きようぜ〜、みたいなことである。理想論よ。そう考えるのはとても難しいけどね。非日常にならなければ、日常って浮かび上がってこないから。日常の中で日常を見つめるのは難儀なメンタルのセッティング。

実際問題、日常が非日常になったら嫌でしょ？　だからこういった本で非日常というものは、どういうものかを想像して、「日常って有り難いねー、当たり前のことって大切なんだね♪」ということをほんの少しだけでも感じてくれたら、こんなに嬉しいことはない。

２０２０年のコロナ禍においては皆、そうだったじゃないですか？　今まで当たり前に飲みに行けていたことがどれだけ幸せだったか。僕は今、芸人をやりながらゴミ清掃員の仕事をしていて、何冊かゴミに関する本も出しているけど、コロナ禍においては、これでもかという程の非日常を感じた。その話は趣旨がずれるので、ゴミ清掃の本の方に譲るが、一番実感したのは住民さんの「ありがとう」という言葉だった。それまではそのような言葉を掛けてもらうことは少なかったが、コロナ禍という非日常においては、「ひょっとしたら私の出したゴミを持って行ってくれないんじゃないかしら」と思った方もいたのでしょう。皆が混乱する非日常を体験することで、ゴミを回収していく清掃員という日常に対して、住民の方から「ありがとう」というお言葉を幾つもいただきました。

つまり、自分が暮らしている日常は、誰かのおかげだということを清掃員として働くようになって初めて知ったのが、この物語を書くきっかけになったという秘話。

(自分で言っちゃ駄目なんだよ、秘話は…)

ま、この物語のように、あとがきも何も考えずに書き始めたけど、なかなかうまくまとまったんじゃない？

読んでいただき、ありがとうございました！

本作品は、2014年3月に小社より単行本として刊行されました。

双葉文庫

た-55-01

かごめかごめ

2020年12月13日　第1刷発行
2023年11月27日　第3刷発行

【著者】
滝沢秀一《たきざわしゅういち》

【発行者】
島野浩二
【発行所】
株式会社双葉社
〒162-8540 東京都新宿区東五軒町3番28号
［電話］03-5261-4818(営業部)　03-5261-4825(編集部)
www.futabasha.co.jp(双葉社の書籍・コミックが買えます)
【印刷所】
中央精版印刷株式会社
【製本所】
中央精版印刷株式会社

【フォーマット・デザイン】
日下潤一

落丁・乱丁の場合は送料双葉社負担でお取り替えいたします。「製作部」宛にお送りください。ただし、古書店で購入したものについてはお取り替えできません。［電話］03-5261-4822(製作部)

ISBN978-4-575-52432-1 C0193
Printed in Japan